Lothar Klünner

DIESE NACHT AUS DEINEM FLEISCH

LOTHAR KLÜNNER

DIESE NACHT AUS DEINEM FLEISCH

Gesammelte Gedichte

Pforte

Frühe Gedichte

Gegenspur

Wagnis und Passion

Windbrüche

Befragte Lichtungen

Diese Nacht aus deinem Fleisch

Umschlagbild und Frontispiz von Mikos Meininger

Druck: Libri Books on Demand

Die Deutsche Bibliothek - CIP-Einheitsaufnahme

Klünner, Lothar:
Diese Nacht aus deinem Fleisch / Gesammelte Gedichte
Lothar Klünner. - Berlin: Jeanne-Mammen-Gesellschaft, 2000
ISBN 3-89811-428-7

Eine Edition der Jeanne-Mammen-Gesellschaft e. V. Berlin

Was hab ich getan?
Unser undurchdringliches Dunkel
immer wieder in Liebe gespiegelt!

Pforte

1947

PFORTE

Ich will sie einladen, alle Opfer des Kreisgangs,
alle Pfeile, die sich im Mittag verwunden.
An der geräumigen Rundung des nächtlichen Eisgangs
ausschlaft die geraden Fiktionen aus Edelweißfunden,

den kahlen Rückstand vom Wanderschuh des Alleinseins!
Ihr nicht im Alten noch in der Verwandlung Gelöste,
bleiüberhäutet aus Furcht vor der Reinheit des Steinseins,
teilt euch das Manna, das uns die Verschüttung einflößte!

Bleibt! Euer Gott ist viel größer. Die leidige Deutung
fremder Signale und innerer Hebelung irrt.
Bleibt und badet euch aus in der späten Erbeutung
schneeiger Runzeln. Leicht seid ihr abgeschirrt.

Bleibt! Was besagt schon Wofür und Wielang, wenn wir leer
gehn?
Selbst euern Honig laßt ihr wie Lava zurück:
Fahnen und Sonntage, die auf Rädern und schwer gehn,
Abendgärten der Heimat klirrn langsam zustück.

Schiebt das Gelächter, das selbst sich nicht trösten gekonnt
hat,
kegelt! und klappernd brechen die Fibeln ins Knie.
Gelerntes verblutet, das dünn eure Angst übersonnt hat,
lautlos im Winkel der klingelnden Epilepsie,

wo ein paar fast schon zerstäubte Gebete - laßt sie! -
schiefabsätzig zu flüchten versuchen. Wohin?
O unterm löchrigen Rock der Moralen erfaßt sie,
reißt sie zu griechischem Tanze das Tamburin.

Ihr ohne Wehmut belächelt den eigenen Abbau,
liebe zerlesene Bücher ziehn froh ins Regal.
Selbst euer Totes, belebt schon vom flüchtigen Grabbau,
staunt in den Ursprung: Synkope, Parfum und Opal.

Hier übergelten die Toten, sie wachsen wie Röhricht
durch die gescheuerten Dielen unsres Asyls.
Streichelt das Grauen und spielt es als Kinder und töricht,
ach und vergeßt bloß die Interpunktion des Gefühls!

Erst nur ein Spalt im lauten Geflimmer, ein Sternblick,
halb noch gelähmt vom Behorchen der Wüste und wund.
Aber im Munde gerinnt's und bald verkündet's den Fernblick
durch die geschliffenen Gläser des Stadtgangs im Rund:

auf alles Verlassene, kaum noch Erkannte im Traumlicht,
Orte der Lust-Qual, mal heute, mal wieder, mal nie,
Menschen, Planeten, geschossen aus Weitsein und Raum-
licht,
Spuren am Fangsaum der späten Transharmonie.

FRÜHE GEDICHTE

1947

GEWORFEN SEIN UND PENDELN. Alles weit. In Strähnen
lockt schwarzes Frauenhaar schräg durch den Wartesaal.
Zwei Augen aus der Bank, Scheinwerfertanz, noch schmal.
Reglos der Mann im Eck. Herzschlag. Er starb beim Gähnen.

Zeitraffend wachsen langgestielte Tulpen, taumeln
aus meinem Sonntagsstiefelglanz und schrein nach Brot.
Ein Kind kommt, mustert schüchtern meinen Ring, wird rot, -
stürzt hin: das Dielenbrett glitt fort... Die Beine baumeln.

Jetzt trägt's die Züge meiner Mutter, aber seine
Lippe, sein Mund hängt von der Decke, riesengroß.
Er schwillt, er schnappt nach mir. Kein Mund - das ist ein
Schoß!
Weich schmiegt sich Fell ans Ohr. O ruhige Kraft. Ich weine.

SCHREIB »MONTAG« HIN. Der liebe Gott ist weit.
Darf nur Musik im Sommerkleid sich dehnen?
Wir sind die Letzten, es wird höchste Zeit.
O das Entgleiten, Winken und Ersehnen!

Nicht Tröstung, - greif den Ostwind endlich, der
schon lange auf den Knieen vor dir stammelt.
Ein helles Wort, dann hast du um dich her
Gebirge frommer Freundschaft schon versammelt.

Die Flüchte plötzlich zahnlos, lebensmüd.
Dein Lachen löst Geliebte aus den Schlangen.
Dir blüht aus Totentanz und Kinderlied
dein Sternbild, ganz in Rühmung aufgegangen.

Seerosenträume segnen. Trink die Paarung
in einem einzigen Leuchten. Wisse nichts!
Die Moose läuten rote Offenbarung
und Siege flattern im Choral des Lichts.

WARUM DAS BEIL? Du hast den Abendglanz,
der weiße Segel duftend aus den Küssen
und leise Hymnen träufelt, hast den Kranz
geheimnisvoller Tauben im Gewissen.

Warum nicht Hafen, der mit halbem Neigen
das Erntefeuer unterm Herzen wiegt?
Dein Bogenstreich meint Süßes in den Zweigen,
Verzeihen hat sich dir zum Kreis geschmiegt.

Warum die Bäumung? Meere atmen frei
in allen Buchten ihres frühsten Traumes.
Wo uns ein kurzes Spiel diktiert: So sei! -
blaut junges Löwenfell ins Fleisch des Raumes.

Warum nicht einmal diese Füllung wagen?
Sieh deine Wiege: umrißloser Mord
hat sie mit Heiterkeiten ausgeschlagen.
Die lose Dünung preist schon den Akkord.

KLEINE INSEL

An Elisabeth

O mein Kreis der blauen Margeriten,
Spiegel aller Winde, warm im Tausch,
eine Länge hab ich schon durchschritten,
ruhe endlich im gelösten Flausch.

Meine Länge: Vogelflug und Wurm.
Aber du in deinem leichten Boot?
Denn die Wolke stimmt in diesem Sturm
nicht zum Ocker, nicht zum Apfelrot.

Ich bin müd. Doch deine Zögerung
ist der See, der alte Hände faltet.
O wie blüht die Nacht so breit und jung
um den Glockenberg, der leis sich spaltet.

Wie das Gold hier lagert, Hund bei Hund,
alle Dämme brechen überm Schauen,
und ein Wissen hebt sich tief im Grund,
zeichnet sacht die Bögen deiner Brauen.

ANDANTE CON MOTO

Ganz besonders in schwülen Nächten
geschieht's, daß ich über einem Gulli hocke,
und dann fische ich mir eine rosane Sehnsucht aus den
Schächten
der städtischen Abflüsse oder eine silberne Frauenlocke.

Mitunter stehe ich auch an verregneten Nachmittagen
schräg in den Hinterfluren und Höfen herum.
Es schmeckt nach Orangen, wenn oben die Weiber sich
schlagen.
Ganz sachte füllt es mich an und ich bin glücklich und stumm.

Nur an den Vormittagen bin ich ohne Erwartung.
Da traben viele Fraun durch mich hin wie durch einen Laden.
Manchmal fragt eine den Preis meiner honigmüden
Entartung.
Schmerzlos zieht eine Säge durch meine Hüften und Waden.

APOLOGIE

Ich habe mich leicht gemacht wie einen Griffel.
Ich bin ein Griffel für jedermann.
Nun schreibt mit mir eure Briefe und Urkunden,
eure Pamphlete und Lobreden,
Kinderlieder und Heldengesänge.
Ich habe nichts damit zu tun.

Manchmal nehme ich mich selbst in die Hand.
Auch das kränkt mich nicht.
Ich schreibe gehorsam meine Liebesbriefe und Zeitungs-
notizen,
Pornographien und Marienlieder,
Traum- und Tagebücher.
Ich liege leicht in meiner Hand und sträube mich nicht.

Einen Griffel sollte man nicht zur Verantwortung ziehen.
Ich bin ein Griffel.
Ich bin nicht herzlos, ich bin gehorsam.
Ich bin nicht kalt, ich bin engagiert.
Ich bin nicht feige, ich bin treu.
Und wenn ich schreibe, bin ich mir treu und gehorsam,
denn ich habe mich fest engagiert.
Bloß dann kenne ich mich nicht mehr.

Das ist alles.

JEDEN MITTAG

Ihr habt eine Nacht um mich aufgebaut
aus lauter strahlenden Augen,
lauter angebotenen hellen Händen,
aus lauter banaler Klarheit.

Nun ist es so dunkel um mich,
daß ich die Augen schließe,
wenn jemand mich ruft,
und mein Gesicht verberge
vor euren Küssen.

Ich werde langsam nach Hause gehn,
dort bei geschlossenen Fenstern den Morgen erwarten,
der sich täglich später herbeiläßt.

Aber der Morgen findet ein leeres Fleisch
in völlig durchnächtigten Kleidern,
klamm bis zum Abend.

Nackt müßte ich unverwundbar sein.

GEGENSPUR

1947-1958

Sicher, es gibt nichts, was dies Gestammel an der Grenze des Herzens entschuldigt. Doch mein Engel hat mir heute ein Zeichen gegeben.
Fahne des Zorns über mich, du weißt, mein Gedicht will nicht von Gold sein; schrottreife Metalle und Stoffblumen sind ihm in Vollmacht. Du aber gib ihm, mein Engel, und gib meinem Leben die flammende Inständigkeit einer hoffnungslos Schielenden.

JOHANNES HÜBNER

ALLEN DIENERN EINER SEHNSUCHT

Dieser von Blut durchnächtigte Boden erbittet von uns etwas
Lösung.
Gebt ihm das Gelächter lebendiger Wolken zurück!
Furchen reißen die Wracks eurer Liebe,
und neu alle Morgen gerinnen auf ihm die Himmel von
Zellophan.
Herzfäuste, Schwestern des Eises, holt nieder von Feste zu
Feste die falschen Sonnen!

Ebenen werden zu Hilfe eilen.
Schon geht durch die Fernleitungsdrähte das erste Lachen
ins Land,
Vorbote neuer, unendlicher Urstromtäler.
Meere dampfen in jubelnder Blasphemie.
Ich hisse die Woge und die geborstene Planke.

Die endlich an ihrer Leere gekühlte Welt,
weit offener Nabel ...
Über Klippen der Frühe, nackt
zwischen beglichenem Tod und dem Andrang künftigen
Schlummers
steht schon heute ihr Kuß, der Sehnsucht zerbricht.

Langsam wird sich der Stern wieder wärmen am Tanzen der
Lacher:
Starke, zu keinem Opfer bereit,
die sich selber verleugnen, verströmen.

SCHROFFEN

WEICHE SYNKOPEN

1

Aus allen Tälern
quälen sich Augen
müde und schön von Jasmin

In den Kanälen
meiner Gefangenschaft
rasselt ein Schachtelhalm
meinen Akkord

Unterm Bremsen der Trambahn
glitzern die Tränen
lüsterner Berge aus duftendem Heu

2

Tanzmäuse
Bälle aus Lachen
hell und gelöst

dehnen sich langsam
über das Gletscherglück
blutig im Schuh

Libellenflügel über den Lenden
flattern sie ängstlich
singen sie tapfer
zitternd im Blau

3

Ich tröste mich des Windes ganz aus Haar
aller Glieder deines taumelnden Haares
eines Winks aus dem Rauch deines dämmernden Haars

Das Glück schwer auf dem Rücken meiner Hand
lockt in die Nacht Gold der Nächte
Baden im Gold nackt
und im Mittag bekleidet vom Gold unsrer Gassen

In der Furt deines Haars
ertrinkt das Geschwader der winzigen Tage

4

Schlag ich dein Haar auf
vor dem dunklen Munde des zitternden Quells
tief unter Trümmern
große singende Muschel

voll von Herztönen
Uhrenschlag
Hufklang der Morgenröte

Schlag ich dein Haar auf
träger Foliant
gewitternde Initialen
Miniaturen auf deiner Iris
rote Weihnacht in der gespaltenen Seite

5

Dünung der Herzen
verzehrt im Gewitter der Monde
Schmerzen des Blutes
Durchgang durch Täler der Mordlust
Güte zu füllen die Sicheln der Welt

Alles in Freiheit
wahllos zerbrochene Spiegel
Winde erfächeln
ihr Bild aus Libellen und Schnee
Ewig lächelt die Frage.

VOGELPERSPEKTIVE

Ich will nichts verbergen
wer spannt meinen Bogen
ich will nichts verzieren
wer sagt meine Freiheit

Vor Anfang verklang schon
im Haar was nicht Licht war
ich mischte den Honig
der alles verzehrt

Nun meine Gedanken
verpuffte Ballone
ich flattere nächtiges
Banner vom Berg

Du aber verweilst noch
mondene Wiese
rußige Kachel
breites Parfum.

POSITIONEN DER VENUS

Auf verschlungenen Wegen
Traumgartenwanderung Hintertreppengepurzel
klettere ich an dein Nest
das reglos von der Kuppel des Abends herabhängt

Kleine Kapsel gebündelter Strahlen
uralter Strahlen von Mittagsmonden
Grubenampel und Nebelhorn
und Turm in der Weglosigkeit der Kometen

Süßes Eingehen in meinen Mund
reines Zerschmelzen mit stillem Geläute
das ist der Morgen weise die graue
geborstene Landschaft zu sich zu laden

auf verschlungenen Wegen.

TROPISMUS

Mein Puma löst mit dem Fell der roten Mohnblüten das große Glockenspiel liebender Nächte aus, und während seine Küsse haften wie die Sternbilder an den Wasserstraßen des Frühjahrs, gehen die Lippen in die weltweite Bewegung der Anbetung der Tiefe über - ohne zu fragen, das Glück verschlingend.

Mein Puma zündet in den Nächten seine Sonne aus Giften und schweren Moosdüften an, und der Mittag verblaßt vor den Strahlen seines Haares, in dem mein Bett steht mit Pfosten von Gold und Tuchen aus besiegten Pantherfellen.

Mein Puma bestickt die Nächte mit Funken seiner Augen wie Perlen den Strand versunkener Inseln. Die Nächte sind das Brot, das ich aus deiner Hand esse.

IN DEN WIND GEREDET

Schlage den Mantel deiner schwarzen Locken um meine Augen, mich trunken zu machen in wetterleuchtender Blindheit. Nackt aus dem Bad deiner Nacht und ohne den Elfenbeinschleier, ein reifer verschlossener Blätterkelch mit geduldigen eifrigen Armen, ich bin's, der den letzten Handstreich gegen sein Blut vorbereitet. Aber laß mich zuvor die illuminierten Zelte versiegeln, deine Lider, die sich reimen seit je. Mit noch mehr Küssen will ich sie später wieder erschließen, heimgekehrt von den Bergen des unerbittlichen Irrtums, in denen ich jede Tagereise mit deinem Namen benannte, einzubringen das harte, geschmeidige, volle Gedicht, deinen Lippen der hörige Mund.

MONOCHROMES ASYL

Ich habe mein Haus verlassen
Irrfahrten durch den süßen Geruch der Tapeten haben ihr
Ziel
meine Knochen zerfraßen die Motten

Unter dem Zelt deines Haars
der roten Sonne der Nächte
aus Giften gemischt und wilden Rosen
hinter der letzten Tür deines roten Haars
steht nun mein Bett

Blutige Funken liebkosen mich
kristallenes Blut aus den Tiefen
wo die Erde ein Tier ist
und das Meer die Glut eines Steppenbrandes

Draußen ist längst die Lust erstorben der Schmerz verfault
die Nächte sind grau wie jeder Tag
Arbeit und Feier sind ein Schlamm
Hitze und Frost sind ein Schatten

Hier trägt mich dein Schoß
Boot aus Perlmutt und Zinnober
ins rote Meer sinkt mein Schlaf
rotes Leuchtfeuer lodert vom Mast.

IM WINTER GESCHRIEBEN

Ich will dir schreiben
aber die grüne Freude ist nicht mehr im Blut
der Kummer eine marmorne Traube fiel in das weiche Bett
das Blut gefror
sie tragen mich einen leichten Sarg
der bei jedem Schritt schreit wie gesprungenes Glas
meine Schreie sind Degenspitzen
gehämmert aus deinen Küssen
um mich sind die Fenster verklebt
mit dicken Polstern aus Fuchs und Lamm

Du aber hörst mit der großen samtenen Muschel
noch einmal jeden der Tage sich schmücken mit seiner Lust
die Lust ein Kind unter den Blüten der Lust
die Freude ertrank in der Süße des Fruchtfleischs
die Welt war ein fernes welkes Gemäuer
ein seltener Vogel und die Sintflut der Sage
du hörst mich
ich spreche die Sprache gestrichener Flaggen und Meteore
mein Lied aus den Quellen all deiner Gründe
Augen Umarmungen Träume Verzichte
verdampft überm Spiegel des toten Meers
in mir läuten deine Tränen
zerschmetterte Glocken
dem Morgen zu.

LOB DER SCHNECKE

Gespielin der grünen Passate

Wenn das Eis deiner Stirn unser Pflaster mit Milchstraßen
kerbte
Manchmal im Sommer
Drehten die Wälder sich nach dir um
Schrieen die Uhren eh sie verwesten
Alle Tore entsandten Botschafter ganz in Weiß

Alles litt was vom Widerhall lebt

Den Rhythmus der geschmeidigen Tube hat keiner je
wiedererkannt
Es sei denn eine einzige sehr unmusikalische Wolke
Mit zehn Gelächtern an jedem Finger
So licht von Zukunft
Daß ihre Geburt unterblieb

Maßlose Gondel

Die deinen Anker verfolgen sind selten geworden
Einsame du hättest dich keinem verweigert
Der Letzte präziser Blitz der dich übersprang
Ist qualvoll im Rasthaus versickert
Dein Tanz blieb Regentin

Zweischneidige du

Die Regenzeit deine Grimasse
Hat längst den findigsten Käfer ums Obdach gebracht
Doch strahlend
Wölbst du dich wieder treuer Flügelbewahrer
Aufrechte Wanderdüne

Bald sind alle Tumulte in heilendes Harz gefaßt.

HUMUS

EIN LAUREAT

Die Leere unserer Herzen legt sich ihm schmeichelnd in die Hände, verwöhnt gekost zu werden, auf unzähligen Festen schweigend gekrönte Schlange.

So trug er sie heim mit dem harten Griff, der den Pflug einsenkt, und wies sie den Seinen. Sie begriffen sie alle mit Fingern und Augen, der Sohn als versiegelten Köcher, die Frau als Fanfare der Lust. Keiner erkannte sie.

Sie aber hieß ihn aufstehn und gehn, versprach ihn zu nähren. Sie wußte die Quellen in Wüsten und erschloß seit jeher Abenteuer und Wunder mit unfehlbarem Ausschlag, fühllose Wünschelrute der vergitterten Welt.

Nur ihn, den sie liebte, vermochte sie nicht zu betören, zerschellte an seiner lehrhaften Dramaturgie. Blutige Spur durch Städte und Meere, gefrorene Schreie, Schweißtropfen an Gräbern, so tünchte sein Schritt mit ihrer Essenz die Trümmer der weltumspannenden Karyatiden, allen sichtbar und definitiv.

Doch als er den Dung seines Herzens sich von den Händen wusch, da schämte er sich seines Zorns. Denn nicht einer erschien, der Hand an ihn legte.

AUF DEM SCHMELZPUNKT

Wenn die Sonne schon nicht mehr weiß, wo und wann die Motoren aussetzten, kann man den Flaschenzug der Potsdamer Sternwarte unmöglich zur Rechenschaft ziehen. Dagegen ist das Zählwerk meiner Verliebtheit schon lange am großen Ausverkauf der Paralyse an den Straßenecken der Großstadt beteiligt. Jeder Fußbreit wird verhandelt, Gnade um Gnade. Nur in den kleinen, von den Augen der Fische nicht mehr erkannten Papierchen liegt lässig, ohne zu murren, die Spielwiese entflohner Verzweiflung. Dort sieht uns der Zorn des Vaters nicht. Und ich träume von der Dunkelheit einer Nachmittagsgesellschaft, in die der Abend rollt wie ein Ball, unter allen Neunen den König zu Fall bringt und den Rest ohne Schonung dem Frühlicht ausliefert. Aber mein Traum gleicht dem Schneckengeflüster, mein Fuß schläft weiter, mein Atem geht in den Winter über. Es genügt nicht, die Brille abzunehmen. Du mußt schon die Augen verdrehen.

MORPHIUM

Kinder, ich habe mich eingemottet und so gegen jeden Verlust konserviert. Meine reine Haut wird mir bleiben, meine gute Laune, ich werde mich nicht mehr rasieren müssen, denn ich nehme einfach nicht mehr zu an Jahren wie an Haaren und werde auch nicht abnehmen. Nein, mir kann auch keiner abgehen heute nacht. Ich bin versiegelt mit dem Kuckuck einer exzellenten Droge, amtlich und von rechts wegen. Wer mit mir sprechen will, kann es nur durch die dämpfende Tür. Auf Briefe antworte ich nicht, auf starkes Klopfen nur mit verständnisinnigem Schmunzeln. Ja, ihr Lieben, wer zu mir will, der muß schon vorher bei mir sein, sonst wird er nicht mehr akzeptiert. Er kann nicht mehr akzeptiert werden. Er könnte wohl, wenn ich wollte, aber das ist der punctus saltans: ich will eben nicht! Vielleicht kann ich einfach nicht wollen, und ultra posse nemo obligatur. Amtlich sagte ich, denn die Versiegelung geschah unter Aufsicht meines unbeeinflußten Bewußtseins. Von rechts wegen, denn ich bin ein armer Mann und nicht verpflichtet, das, was mir blieb, weiterhin unter die Reichen zu verteilen. Glückselig ich: mich können nicht die Motten und der Rost fressen noch können die Diebe nachgraben und stehlen. Ich Narr und Einsiedler von Morpheus' Gnaden.

STRASSENBUMMEL

Auf den Straßenbahnschienen meiner Gefühle schleppt sich die Scham ohne Motor und Wind. Ich bin der letzte Fahrgast des gestrigen Tages. Jeder kann mir ins Gesicht treten. Mein Gesicht ist konkav, meine Augen sind Hinterhöfe, der Mund eine Leiche. Jedes Ja, das er ausspricht, eine dumpfe Blasphemie. Nächtelang kaut er an Lügen, bis er sie wieder vergißt.

Es gibt Nächte, da bete ich mich an, halbe Nächte im März und ganze im November. Meine Scham legt wie Weihrauch sich mir um den Hals, meine Platzangst bedeckt meinen Bauch mit Küssen, meine Schande ist ein kostbarer Pelz.

Nachher, viel später, wenn ihr mich wieder erkennt, bin ich zugefroren. Aber in den Straßen von Atlantis verkauft man schon lange kein Brot mehr. Ich bin der letzte Bewohner.

DER VERSUCH

Ich saß am Ufer des blinden Meeres und versuchte, seine Verfemtheit zu lieben. Die Gischt der lautlosen Brandung setzte meiner Stirn eine Schneekappe auf. Der hohlen Dünung hatte ich mein Herz anvertraut, vorsichtig und nur für die Dauer meiner Anwesenheit. Der Horizont dahinter kam niemals in Sicht.

Sehr müde geleitete ich eine Ergebnislosigkeit nach Haus, deren Auge weit offen seitdem nachts über meinem Schreibtische horstet.

FALLENDE TENDENZ

Die dauernden Gerichtspredigten des Himmels fallen mir auf die Nerven. Jetzt qualmt schon sein Maul von all den Drohungen, die wie Erbsen herauskullern. Ich weiß nicht, warum ich mich darum kümmere, aber ich stehe allein gegen alle. Er hat überall Handlanger. Mein Bett dampft einen trägen Kohlgeruch aus, mein Buch vergilbt zusehends im eigenen Dunst, der Fahrstuhl klemmt, und die Türe quietscht, und um jedes Geräusch breiten sich Ringe aus, die alles verdunkeln und sich zurückbrechen an irgendeinem unwichtigen Gegenstand. So kommt es, daß meine linke Hand nicht mehr weiß, was die rechte tut. Über diesem Chaos sitze ich als Detailforscher und Pflichtkonstrukteur neuer Verhältnisse der Dinge zueinander. Wie ermüdend das ist, wird man ahnen, wenn man eine ausgelaufene Flasche längere Zeit gegen die Herzgegend drückt, ohne daß sich am Schluß irgendeine Veränderung zeigt. Obwohl das Herz nur zu bereit wäre und die Flasche auch.

Daran hat nicht nur der Dampf schuld. Er könnte den Verbindungen fast förderlich sein, wenn er imstande wäre, sich auf seiner Höhe zu halten. So aber zieht er alles auf das Niveau der Museumskeller herab, in denen sich naturgemäß langsam eine Überschwemmung ausbilden muß.

Was ist gegen einen solchen Himmel zu machen? Ein Schrei aus tausend geschulten Kehlen sollte ihm die Sprache verschlagen. Aber wir sind nur eine zufällige Sammlung von Liebhaberdichtern.

POETISCHE ABRÜSTUNG

Vormals hat er das Lachen an den Tisch und die Wände gemalt, Sterne ließ er um unsre Bettpfosten kreisen und trank schon zum Frühstück den Seiltrick eines ganzen Tags.

Heute ziehen seine Gedanken eine Spur von Schlamm hinterher, aus denen ein müder Griffel sich Ziegel zu brennen sucht. Aber das hält nicht. Schon zu der halben Nacht sinkt das Asyl über verwesenden Worten zusammen.

»Nun will ich endgültig meinen Plan vergessen, so wie ich die Jugend niemals aufgeben kann. Sie soll mit all ihren nichtsnützigen Kräften diese Lafette ans Zeughaus lehnen, damit ihr herantreten könnt: hier ruht die Revolte in Gott.

Und da sie nun unschädlich ist, werdet ihr kommen und nicht einmal ausspucken.«

*

So wohnt er an Treppen. Das ist, auch wenn keiner je kommt, endlich sein Brot. Sehr leises Rütteln vor unausbleiblichem Beben.

EXODOS

Je sais aujourd'hui saluer la beauté.
RIMBAUD

Es begann als Streik. Nach dem Aufruhr der Späne, dem spielerischen, der im Umkreis des unvollendeten Ziels aufblühte gleich zürnenden Chrysanthemen, zog sich der Dichter mit seiner Streitaxt zurück, unkenntlich bis in den Kern seines Widersinns. Wollte er eine Handvoll Vögel mit der Stillung des Sturmes betrauen?

Ihm lag nichts an Klärung. Worte schossen ins Kraut, Flüsse versandeten, Männer fielen in Marschtritt oder in Schlaf. Von

Zeit zu Zeit wurde, so will es die Regel, unter endlosem Geifern die Strecke ausgelegt. Doch weder das Zwielicht noch die Verwesung machten ihn schaudern. War er, im Zorn, ihr Vertrauter?

Ihm lag nichts an Überleben. Glut hatte das Herz ihm versehrt, als sie, der sein Gruß galt, vorüberschritt, einsam, die wahllos Fügende unter Zerbrechern, in der unschuldigen Wehr ihrer Mandorla. Ihre Blicke, so wähnte er, gingen an seinen vorbei, Blitze, die doch willig in ihm das Wunder inthronisierten über Wollust und Trümmern. Wo konnte das Werkzeug zur Heilung, zur letzten Verdichtung einsetzen?

Da blieb nur die Fremde.

SCHNEISE

Für Lopi

FEMME AU CORSAGE BLEU
Zu dem Bilde Pablo Picassos

Frau die es nicht gibt meine Frau
Wasserfrau Jungfrau Geliebte
Frau aller herzlichen Briefe
Mutter der Farben
Kühle Finger
Und warme müde Hand

Fremdes Kind von sehr fern
Reinheit der grünen Tiefsee
Zärtlichkeit eines armen gläsernen Sargs
Wollust lautloser Gewitternächte
Nirgends schattet das Echo

Aufrechte geächtete Göttin
Einfach wie der Blitz

Ein paar Striche der Tisch und der Stuhl
Deine und meine Welt
Große lässige Schönheit der Herzen
Des Blutes des Lichtes
Vor unseren nächtlichen Larven.

NACH DER NEIGE

Unruhe dieses einzigen leichten Glases in meiner Hand, die mich wieder und wieder zu frostklaren Antworten zwingt, du selbst, warum schweigst du, wo doch alle Dinge dich fragen? Wir dürsten nach jedem geringsten Tropfen, den du unsern leeren Gefäßen einträufeln mögest. Was halten wir denn?

Du unsre Unruhe, die uns mehr und mehr zwingt, unsre Arme wie Äste den salzigen Winden der See entgegenzustrecken, was wirst du tun, wenn wir müde werden?

Traurig bemerkte ich, wie dieses einzige leere Glas meinen linkischen Fingern entglitt. Dann spürte ich das frische Blut eines sehr ruhigen Herzens meine Hand durchwärmen.

Eine nackte glückhafte Einsamkeit entläßt mit den Gezeiten des Atems aus mir die leisen Entscheidungen, die alles befeuchten, was Zweifel litt.

EINE BLUME, ALS WIR SIE ZERTRATEN

» . . . Ebenholzmonde, legt eure Hände getrost auf die Waage meiner grünen Haare, ich schmähe nicht, wie ihr meint, das Gewicht eurer hastigen Bittgänge. Was, wenn ihr die Glut solcher Gebräuche entbehrtet? Entkeimtes Gefieder, läget regungslos ihr in den gläsernen Schalen, die euer Schmelz-Geist unsäglich geglättet und kunstvoll um euch heraufbeschwor. So aber schafft ihr, somnambulen Instinkts, in den getreulichen Stiftungen weltweiter Brände das Gleichgewicht gültigen Lebens: das spitze Gewürz eures längst sonst abhanden gekommenen Todes, unseres täglichen Brots. O krause Stirnen, zu solchem Umweg verdammt! Wann endlich entbinden eure vergitterten Schöße den heilvoll Verzweifelten, der unbeirrbar den tödlichen Honig im eigenen Herzschlag wittert?«

VOR EINER REALITÄT

Wie sich auf dem Leuchtschirm die Punkte addieren! Wenn du den richtigen Abstand hast, erkennst du, wie wenig die Gestalten dich meinen. Trittst du näher heran, betörst du dein Herz, den alten Taumel der Neugier frisch zu taktieren. Rausch und Liebe der Jugend, wären sie nicht seit je als greise Analphabeten gestorben? Entfernst du dich schließlich zu weit, siechst du an Keimfreiheit hin, von Heimweh umringt.

Die Lider schließt du vergeblich. Es bleibt der sandige Geschmack der Fremde. - Du sollst keine andern Götter haben.

REZENSION

In den Memoiren des Todes findet sich kein Satz, der Wünsche und Ziele andeutet. Der Tod ist Enzyklopädist, zuverlässiger Gelehrter. Der Tod ist nicht Abschied, er ist Manifestation, Dasein für immer. Beliebt sind seine Zitate. Er faßt sich so kurz, damit er auf jedes Panier der Konservativen paßt. Dabei verfährt er nicht kleinlich, er hält auch die Leidenschaften für konservativ. Ein Schäker.

ZUGVÖGEL

Es gibt keine abgerungenen Abschiede. Eindeutig beherrscht die Entscheidung den Horizont. Schöne Gebärdensprache der Gastgeber, wir sind unersättlich, dich zu verschlingen. Jeder hat seinen Hunger, der chronisch ihm schmeichelt, ihn schmerzt. Enttäuschung sättigt am schnellsten, nur hält sie nicht lange vor. Man versteht die Heiterkeit der Wanderer, die fröstelnd die Türen hinter sich schließen, die sie restlos durchschaun.

IM SPIEGEL

In diesen drei Kreisen, die ich bedächtig auf weißes Papier gezeichnet habe, will ich mich verfolgen wie einen Dieb. Aber noch niemals ertappte ich ihn auf frischer Tat.

Oft, wenn ich ahnungslos mein Brot esse, steht er vor mir und nennt mir lachend sein Haus. Früher habe ich ihn dann zu greifen versucht, aber gleich verschwammen die Kreise, und lange trieb ich schiffbrüchig, in der Hand mein Brot. Allmählich wurde ich klüger, ich winkte ab und gab ihm Urlaub. Vielleicht hoffte ich wirklich, das nächste Mal besser gewappnet zu sein.

Ich bin im Kreis meiner Scham bis ans Ende gewandert und weit über den Anfang wieder hinaus. Dabei war ich ganz wach und bin doch niemand begegnet. Trotz meiner Vorsicht hat er mich wohl eintreten sehen.

Ich bin zu Hause in diesen drei Kreisen, im Kreis meines Schlafs, im Kreis meiner Liebe, im Kreis meiner Scham. Und doch, je klarer ich ordne, je schärfer ich alles trenne, ich finde nichts mehr am alten Platz und tappe im Dunkeln. Er ist ein Umstürzler von je.

Er ist der Herr mein Dieb und hat immer recht behalten in seinem Tun. Er wird mir eines Tages den Spiegel zerschlagen, wenn ich nicht aufhöre, ihn auszuspähen, er wird meine Kreise verwischen und mich heimatlos machen.

Er will schon heute, daß ich spreche: Ich kenne mich nicht mehr. Denn Leben Unser, das heißt: Habt lieb die Welt.

ÜBER REALISMUS

Die Nacht riecht brandig. Ein fetter Mond rollt sich über die Dächer der schlafenden Stadt. Die Dachstühle flimmern, der Asphalt dampft. Jeder Laut wird bestraft, auf jede lebendige Regung steht der elektrische Tod. Wer wacht, der ist schon verurteilt.

Ich kenne die Bosheit des Mondes, der Kater hypnotisiert und bleiche Mädchen aus sicheren Betten lockt. Ihm entgeht keine meiner aufrührerischen Gesten, die alle dem Morgen gehören.

Das Tauziehen macht müde, und mancher von euch stirbt, die Hand fest am Seil. Den Platz des Großvaters hält längst schon der Enkel, jeder gibt weiter. Das Tau, an beiden Enden im Fleisch unserer Erde verankert, hat sich noch niemals bewegt, keiner kam weiter. Nun seid ihr mutlos und schlaft.

Morgen erwartet ihr, daß ich zu euch stoße, meinen Vater ablöse an seinem Platz. Dann aber schlafe ich, halb noch gelähmt vom Gifte des Mondes. Ihr streicht mich aus.

Ich bin euch nicht feind. Doch ist Feindschaft gesetzt zwischen euch und dem Monde, von der nur ich weiß. Ihr werdet mich hassen, weil ich die unübersehbare Zahl eurer spukhaften Feinde um einen echten vermehrte. Euer Haß bespült meine mondwunden Glieder wie Wein.

Der Mond aber ist nur das Auge, ein dienstbares Auge der Nacht.

SCHWARZE KATZE

Brände, die in den Nähten des schwarzen Balles gerinnen. Ihre phosphoreszierenden Schatten führen die Spannkraft spazieren auf den Dächern des Frühlings. Lieblich geschmückt tritt die Erinnerung auf ihr Schafott mit jedem Schritt, den du durchsetzt. Königlicher Erlaß über Leben und Tod - barbarische Einfalt des Lichts!

Wir sitzen vor dieser raunenden Asche, lüstern, und harren des billigsten Feuerwerks. Wie wenig liegt dir an Zukunft. Komm, runder Schlaf, lautloser Ausleger unserer frühen Vereinung, der längst verschollenen Kunde. Was bleibt denn zu lieben, wenn nicht dieser füllige Augenblick.

Als der Schlaf endlich kam, wie die Kälte mein Herz da durchsonnte! Klappernd vor Haß fletschte ich die Messer meiner unversöhnlichen nächtlichen Fehde. Zucken muß das Blut, das ich biß, dunkel und immerzu jung.

DER GARTEN DER LIEBE

Der Garten der Liebe ist dieser hinter den alten Gewittern. Kein Ast der nicht auf der Flucht wäre, keine Frucht, die nicht schrie. Noch sind die Mauern warm von vergeudeten blinden Küssen, da werden schon die Leitern der Angst angestellt für die gähnenden Wächter, den einzigen Stand, der Verheißung hat.

ELEGIE

Wie die Winde im wieder durchsonnten Rund die Klage ins Bodenlose blähen, sie mit flüchtigen Liebesspielen in gellende Starre stoßen!

Ehemals dunkles Wort, Rinnsal von Sternen her, manchmal zärtlich verweilend bei spröden Basalten, so kenn ich dich noch: Meere von Zukunft im scheidenden Blick, als unsre zahnlosen Frühlinge aus deinen Tränen sich Wolken von brünstigen Möwen erdichtet haben.

Welche Last von würgenden Sommern wird tragen müssen, bis die Schlacke von Scham und Leid ihn übermächtig umkleide, der das Trugbild im eignen Geäder zu schmelzen und in neue Kristalle zu gießen fiebert, der Dichter, daß wieder ein Füllhorn die Klage und singbar wie Sieg sei und wir festlich sie einholen, moosiges Treibeis in unsere Leere, wurzelnd im Nadir brüderlicher Gezeiten ...

WAGNIS UND PASSION

1947-1959

JEDE NACHT

An Elisabeth

Ankern in den Vermächtnissen
deines Atems auf schwingenden Fichtenspitzen,
deines Schlafs mit der braunen Sätte der Tiere.

Grundlos gerinnen im Herzen
weicher flackernder Kindheit.
Siehe, es hocken
all meine Winter um dunkle Klaviere.

Nun nach dem Regen
sonnt mein Verlangen sich dir im Schoß.
Durchnäßte Sterne unsrer nächsten Gefühle
flattern zum Herde, nickende Tauben.

So kenn ich das Kranksein,
so kenn ich das Wachsen in deinen Augen:
alles, was flüchtet, umfriedet der Lockruf,
alles, was wartet, wird Blut in den Trauben.

Nur eine kleine
Schwellung im Innern
erträgt nicht die Schwere, singt leisere Lieder.

Darum zerspringen silberumräuchert
die fleißigen Kreise nach endlosem Eintanz.
Der Lärm unterm Schlummer:
anders kehrn sie zurück und dienen dir wieder.

EIGENE LEKTION

Weiche Lettern:
Früchte und Augen.
Zwischen den Zeilen
Monde der Wüste.
Zu lesen im Mittag der Autobusse.
Die Hände im Schoß aller Fragwürdigkeit.
Im Schoß der Erwartung,
die längst nicht mehr wagt sich zu strecken.

Früchte: tiefe kursive Minuskeln,
zu lesen wie Gläser im Dunkeln.
Augen: reife Majuskeln,
zu lesen wie Land und Geweih.

Früchte und Augen -
und zwischen den Zeilen
wachsen die Tage ins Feuer der Niederung,
atmen die Hände reine Liebkosung,
trinken die Schöße den mondenen Kern.

EIN FISCHER

Ob er noch einmal Farbe und Strich einbrächte nach alter Bewähr? Mit weit geklafterten Fingern durchsiebt er aufs neue die brackigen Heimatgewässer in sonnendiktierten, immer engeren Kreisen. Sieh, wie um ihn die Kulissen schwanken! Und dies Schweigen über der Mitte.

Gegen Abend wölbte ein Sturm die Wipfel ihm ins Gesicht. Wäre er niedergekniet, seine dampfenden Schultern hätten die leichtere Liebe gelernt.

Im Dunkeln zog er endlich einen mürrischen Mond an Land, polierte den Umriß, der nicht mehr an Widerstand dachte, setzte die Signatur. Dann verließ der Koloß, unter den Wolken, die sich jagten zu immer neuen Metamorphosen, aufrecht den Schauplatz in Richtung der eigenen Starre.

EIN BRAUTWERBER

An Lopi

Die du Furten verabscheust, schmale glitzernde Brücken dem Leben entgegenwölbst, ich liebe an dir gerade die Besorgnis, die nur dem Befestigten traut. Denn nichts vermag dich über dein eigenes Gewicht zu täuschen.

Du sandtest leichte Reisige über die schwankenden Bogen deiner Sehnsucht, aber alle kamen sie ohne Beute zurück. Nun hast du begonnen, deine Hände langsam die schmerzhafte Kunst zu lehren, in Tagereisen Steine herbeizutragen.

Erstling du, wenn du kommst! Der drüben wartet, wird dich ohne Blumen begrüßen, aber deine vom Dammbau eisigen Hände am nun gemeinsamen Feuer wärmen.

PANORAMA
(Tübingen)

Ebbe und Flut sommerlicher Wollust liegen wie Reif auf unserem täglichen Schulweg. In ihren Schlupfwinkeln hört man die Adepten das Faustrecht der Sonne rühmen. Sie grüßen den zornigen Hügel, der weithin die Ebenen belastet, gerade ihren aufrichtigsten Teil. Sie suchen sich seinem Blick, der die Horizonte zurückbiegt, diesem funkelnden Eremiten, anzuvertrauen.

Wahr ist, daß nur eine einzige Straße Gräben und Worte durchquert, ohne Rücksicht auf ihre Erfinder. Sonst könnte der Mensch jenseits der triefenden Fenster das Profil eindeutiger Inkarnationen aufblitzen sehn.

Die Kulisse der Heimchen löst sich mit sinkender Sonne auf. Zur Kühle tritt eine kaum erträgliche Spannung. Hinzieht der Rebell.

»SANTÉ DU MALHEUR«

Für René Char

Als wir aufbrachen, Kinder des Dickichts, der leuchtenden Fäulnis uns zu entwinden, die uns schlug und bezauberte, lag vor uns das unübersehbare Rechteck der Eisbahn, leergefegt vom schwankenden Ost. Allein mit unseren Träumen, die hier nichts mehr galten, mit unserer Liebe, deren Antlitz uns fremd schien, gingen wir nur noch dem Bellen unserer Wunden nach. Vergeblich versuchten wir, uns nach den Vogelzügen zu orientieren. Die Geometrie hatte unseren Einklang zerbrochen. Mit uns erfror das Gedicht.
Diese Nächte ohne Phosphor, diese Tage ohne Rauch sind mit den Jahren ein schweres Gewebe geworden, das unseren Schmerzen zu schmeicheln wußte. Und wir wärmten uns am Inzest.

Wir sind nicht zahlreicher heute geworden, noch haben uns Blitze geweckt. Vom Sommer des Südens bleibt nur ein süßer Geruch. Aber die Liebe hat die Grimasse des Todes verlernt und lächelt den künftigen kälteren Jahren zu. So weit genesen, liebkosen wir, ohne Sonne und allen Winterblinden zum Hohn, die Ernte, die gierig sich uns in den Arm wirft, die Kronzeugin unseres Lichts.
Denn wir haben gesehen, wie das Eis schmilzt unter den schweren Schritten eines Mannes mit offenen Armen, zu dem im Mittag die Tiere kommen und dem der Wind seine Sternenlast anvertraut.

ZWEI ANTWORTEN MITTEN IM WINTER

I

Nun bleibt nur, in diesen erfrorenen Landstrichen die Klage der Hunde niederzuschreiben, die der wechselnde Wind uns zuträgt. Wir haben in ihr die Gesundheit von Fundamenten erkannt, auf denen Herdfeuer wieder zu dauern vermöchten.

Langsam gliedert sich schon die Monotonie: wo gestern noch jeder Horizont sein schamloses Spektrum bleckte, zeichnen sich heute Geweihe und einzelne Rauchfahnen eines zum Bersten gespannten Müßiggangs ab. Unabsichtlich spielen sie das Echo ins Land, verworren. Lauter, ängstlicher heulen die Hunde.

II

Einmal von diesem übermüdeten Wald umschlossen, muß ich eins werden mit seinen Kristallen, die ihn beschweren, mit seiner zehrenden Nacht. Während ich oben suche nach vertrauten Sternen, splittert unter mir das zarte Gezweig, für einen Vorwurf vielleicht zu milde, dennoch zu hastig für einen Laut der Erlösung. Und wenn ich trotzdem den eigenen Schritten glaube, dann nicht, weil ich mir einbildete, der Wald habe mich zu sich gerufen und wisse, warum er mich hält, noch weil ich meinte, er müsse sich je vor mir lichten, sondern weil ich gewiß bin, hinter mir, sah ich zurück, eine stetige Fährte zu finden.

IN MEINEM LANDE

In meinem Lande steht die Nacht frühe auf,
daß die Morgentoten Äste und Blüten trieben,
einzuheimsen den bitteren Reif des Tages,
das Wunder von morgen, oberhalb ihrer Narben.

Ich habe meine Hand vor die Sonne gelegt,
daß sie den Stern nun schone,
der sich ängstlich zu seinesgleichen flüchtet,
ins weiche unendliche Fell, unters Kosen der stählernen
Engel.

Kein Schritt ohne Wehmut,
aber dann die Quelle in Händen und Wiesen.
Spurlose Schritte,
aber Tag für Tag das unbändige Summen der Wolken.

Steine, die schwer sind von Unschuld,
dampfend in unserer Liebe,
jedem Andrang seid ihr gastliche Fürsten.
Siehe, wie an den Brücken das müßige Volk sich staut!

Denn auf den Kanälen des Schweigens
segeln die Feste von Meer zu Meer.
Hemdsärmlig geben die Städte ihnen den Gruß zurück,
und Möwen segnen die Trunkenheit unserer Kinder.

Unterm Monde entwächst der Starke dem Humus,
bricht aus den Wurzeln der Eschen.
Ähre und Pfeil sind Geliebte auf seinem Bogen,
besessen von Heilkraft.

In seinem Schatten kauern die Herden,
bis wieder das Frührot sie blendet und hastig zu äsen lockt.
Keines sah je, wie er starb unter den jauchzenden Hufen.
Einzig die brandige Furche in meiner Hand, die nicht müde
wird zu beleben.

BRUDER MEINER UNRUHE

An Hein

Die Ebenen sind seltener geworden, die der gemeinsame Atem unserer Kindheit gesucht hat. Mehr und mehr haben wir beide seitdem die raumschaffenden Gesten ins Innre gewandt. Der große Schatten jenseits der pfadlosen Höhenzüge hat nun nichts Lockendes mehr. Und doch hat die Unruhe uns weiter diesen Gipfeln entgegengetrieben, hat jetzt, um uns den Verhau zu lichten, das unüberwindliche Wunder vorausgesandt.

Schon früh verschmähten wir den gemeinsamen Schritt. Der scharfe Ton talab gestoßnen Gerölls genügte unserer Orientierung. Hin und wieder führte uns eine gastliche Mulde zusammen.

Mich hat die Unruhe endlich das Vertrauen zu ihr gelehrt. Ich grüße diese ächzenden Kiefern, diese Irrlichter, diese Ratten! Der Wilddiebe lache ich und der Jäger. Schön sind die Widersprüche, so weit du siehst. Zu fürchten bleibt nur die Lüge. Tränen und Umkehr zög ich ihr vor.

Daß die Ratten ein Ziel haben, unsre Unruhe nur eine Quelle, lädt uns an die Seite der Engel. Den Souveräns der Gestirne gelten Alleen und Wüsten gleich. Ahnungslos ist der Kompaß jeder Gelehrsamkeit, heilsam die leere Hand und stark, um zu tragen.

Spiel-Raum unsern nach Wundern gierenden Engeln!

LIED BEI NACHTGLEICHE

Der Mensch, der im Finstern wandelt,
hat sein schweres Blutegel-Auge
in die flackernde Kindheit gepflanzt.
Über dem Raupenrücken
züngeln ihm tausend Antennen
vergeblich nach Spuren von Mond.
Zu mißtrauisch, um auf Eulen zu wohnen,
zerfetzt er die weither geträumten
Herzen der Schwalben.

Längst - denn die Angst der Ahnen
war nackt und so ohne Trost in ihm -
hat er die Quelle erwürgt nach dem Kuß
und sie mit Kirchen vermauert.
Vor dem Gelächter der Wolken
flieht er ins schüttere Laub,
gehüllt in den prunkenden Kahlschlag
zyklischer Leiden,
und krönt sich zum Krämer.

Im Frühling, Brüder, wenn er ins Forum tritt
und schluchzt nach der Phosphorlilie,
schmückt das Ohr eurer Frauen mit leichtem Moos
und tanzt auf den Dächern, die er sich erwarb!
O zirpendes Weiß geschmolzener Schindeln,
unser Signal für den Brautflug der Desertion ...
Unendlich reckt der verzweifelte Blinde die Münze
gegen die Berge, auf denen die Freiheit verqualmte ...
Danach die Unschuld der Asche nie endender Eruptionen.

OSTELBISCHER LANDREGEN

Mit allen Listen deiner dröhnenden Fackeln, Bruder, versuchst du umsonst, die Tränen zu spalten, die Weite zu loten. Du der jüngste unter den Reitern und dein Helmbusch heillos in Ebenen verstrickt, wo die Ströme nomadischer Herzen, immer auf Suche nach Schleusentoren und gepanzertem Bett, dich bis zur Unkenntlichkeit unterwuschen: was hoffen noch durch die pilzige Plane deine Augen, in denen schon Moos blüht?

- Strähnen, Schweife, Girlanden bis zu den Häfen, wo das Verhängnis über die Kaimauer tritt und allen Beladenen Schlaf verheißt für ein kleines Entgelt, für ein fast unmerkliches Ja ...

INDUSTRIEGEBIET

Schwemmland von Herz-Abraum,
Biberbauten, Kanäle
bis zu den nie vernarbten Gewittern der Kindheit ...

Mühselig watende Sterne ...

Hier wurde der Fluß, der schon in der Wiege vergor,
grünes Glück in den Mausoleen
und ewige Lampe der Knechtschaft.

Wer triebe Schächte mit solchem Haß,
daß die Wasserfälle mit blanker Waffe
endlich die dürren Vulkane schürten?

Wer fluchte der Sonne in solcher Liebe,
daß der Starrkrampfhimmel, der groß sich bläht,
endlich als dienstbarer Blitz jede Brust beschlief'?

Daß endlich Gewesenes noch einmal
Gnade fände, mit den Raketen zu sterben ...

Daß das Herz wieder Herr sei bis an den Traum-Horizont
über die Landschaften einer Sekunde ...

Dann hülfe in den kristallenen Halden
das LIED dem flüchtigsten Stern auf.

ZYPRESSE

Baum über unsrer konkaven Dürre,
vermessener Wanderer, dunkler Schmäher unsres Geleits,
was willst du mir länger die Beutezüge beschwichten?

Schon sind mir voraus die Lieder aus deinem Bestand
in weithin kreisenden vagen Geschwadern,
nur war ihr Fang nicht wert unsres unversöhnlichen Hungers,
verhallte erwiderungslos in den Nächten, wo alles sich paart.

Stark genug ist mein Stab, an fremde Wurzeln zu schlagen,
wildere Pulse zu wecken, und die zu lindern verstehn.
Was sich mir zeigte im Ocker der Steppenbrände,
war jenseits des wimmernden Glühwurms ein Sturm, der den
Staub besämt.

Nicht daß dahinter der Frost die schrillen Metalle versöhnte
oder von Quellen her grünere Rampen uns riefen
oder Flöte und Öl unsre Nacktheit beglich ...

Fortreißt mich wieder der Taumel eines schmalen verworre-
nen Blattes,
schließt mich den Pilgern bei zum unfehlbaren Zyklotron,
endlich begonnen zu werden und ausgespielt.

Hände, dir gleich und schon früh gelehrige Sammler der
Feuchte,
greifen nun ungefragt nach dem bittren Eroberer-Schaum,
der baureife Kiesel höhlt und nach Willkür zu haften zwingt,
bis sie ihm Türme gepflanzt über weite Gebirge von Laub,
im Schatten der stetigen Brandung.

Du aber, lächelnd in immergrüner Trauer,
horchst in die Fernbeben, harrst ihrer Wogen,
daß sie die Schönheit lösten aus deinem schmerzlichen
Harz,
bist müde allmählich von Ahnung: im Vorfeld verblute der
Anprall,
schweigst und folgst deinen Spuren.

MONDWACHE

Die in die leere Iris des Tages Lieder gravieren,
wir schlagen an blassen Küsten Hohlspiegelherzen auf.
Nüchtern züngelnde Wetter über den Dünen,
loten unsre Schlangen den Raum,
ertanzen kalte Durchsonnung.

Rings hat das Pfirsichherz unterm Rauhreif,
die schmiegsame Einfalt der Trauer,
wieder zur Nacht alle Nester illuminiert,
und die Ebene, riesig gekrümmter Hund,
röchelt unter der löchrigen Stürze des Traums.

Winzige Alchimistensonne, die in alten Handschriften Patina
fing,
du wachst, daß sich Schwerter und Meere nicht deiner
Hypnose entziehn.
Ob auch im Frührot der Kies schon summt von erspieenen
Räuschen,
dein metallener Arm, der lautlose Fluß ohne Delta,
ein Meister diskretester Inquisition,
hüllt pünktlich die Deinen in Schmunzeln und Wald.

Reisige Wächter auch wir, doch dem Feuer entgegenzu-
schweifen,
sammelnd noch Sonne aus flüchtigstem Hageleis,
dunkeln wir, harren wir, immer dein Gegenspiel,
bis unsre Lippe umreißt den harten, durchhellten Kontur.

ZU NEUEN TAFELN

Hommage à Jeanne Mammen

Hölzerne Netze, Furten im tragischen Land,
Oben schon Maßwerk im eisigen Wind der Gestirne,
Mühlose Tänzer, auf deren herrischen Wink
Mürrisch die Funkenregen zu Früchten gerinnen.

Aber im Tanze verschleiern sich Flamme und Laub.
Gassen und Säle rufen die Leere ins Licht.
Ewige Gäste - Rauhreif und Tau,
Atem unserer Angst auf Spiegel und Treibhausdach.

Jede Farbe ein Brand auf der Wange der Schwester,
Erbin des alten Dolchs, der nach Müttern zielt,
Aufruhr der Adern gegen den dreifach durchlichteten Salto
Narbigen, immer ungreifbaren Strichs.

Nebel, du tröstest die Glut bis zur Agonie.
Ebene wird, was sich maßlos ins Fremde verstieg.
Moschus umjubelt in irisierender Pracht
Auge und Stab, den orphischen Talisman.

Masken und Schirme im somnambulen Geleit,
Monde und Kater mit schlingerndem Rutengang,
Endlose Emigration ins gelobte Gelände
Nur den Gezeiten verhafteten Gleichgewichts.

LINDERUNG

VOR DER STADT

Hier, wo die Barmherzigkeit arroganter Schindeln ihren Reigen beschloß, ruhst du, gelehnt an die neuen Gerüste. Ich streichle den Anker deiner elliptischen Flugbahn tief zwischen den Quarz-Fundamenten des frischen Taus. Du, die nicht bei mir zu bleiben, nicht zu entschwinden vermag!

Ins Biwak der Ackerwinde fiel ein vernickelter Stern. Das Zelt wurde groß. In einer einzigen Nacht gemeinsamer Jocharbeit wurde der altüberkommene Mühlstein transparent gemacht. Durchs Netz seiner Adern fraß sich ein gleißender Schutt. Nun liegt vor dem Andrang des Frühlichts die Halde in Dampf gehüllt.

Geliebte, gib Urlaub der Nacht, die zu willig zur Hand geht. Urlaub, obwohl ich weiß, daß die Landschaft des Tages unserem Bau widerspricht.

ARCHAISCHER STEINBRUCH

Weideland endet hier.
Aufgetan ruht die Zisterne
im schlaffen Mittag der Lämmer,
umflirrt von seidenen Schnecken.

Gegen den läppischen Himmel,
der da fleht nach Exekution,
hat in den Tiefen der blinde Spiegel
wissende Muscheln genug.

Nichts sei beschwichtigt.

Sieh, wie wir stetig dem Taupunkt entgegentreiben,

der den Duft der Erinnrung aus zärtlichen Luftwurzeln löst,
lausche, wie an der schweißigen Wandung
Herzen aufläuten und traumlange Pendel
Küsse einschmelzen in das verwöhnte Metall.

Nun, da sich langsam ein Rind vor die Sonne schiebt,
erblüht der versunkene Nebelmund,
ausatmend den Schlamm seiner Frühe.

Ich will Leitern zimmern aus Gras und Teer,
ich will lesen in deinem Geäder!
Einmal das Harz bis zur Bettung des Diamanten durchteuft,
laß ich mich psalternd von Sohle zu Sohle,
Fackeln austeilend unter die Pfeiler der Nacht,
Schirmherr der schlafenden Katzen.

COMMEDIA DELL'ARTE
(Heidelberg)

Hänge, die ihr die Mühsal des Flusses ins Spiel geläutert und mit Laub verschalt habt, ich wollte nichts als mich kindlich eurem Nebel anvertraun. Auf eurer Seite war der Vorbehalt, der Entzug. Mir lag fern, auf den Gipfeln mir Weisung, bei den Moosen mir Sehnsucht zu leihen, hier, wo der Puls des Besitzes fast schon unhörbar war. Dieser blinden Furche, die ich zog durch euren noblen Bestand, gabt ihr das Aussehen einer verzweifelten Harlekinade, blutig im Rauhreif unter einem Hut von Azur. Ein schlechter Tänzer war ich, und ihr hämische Lehrer.

Später, im Tal und euren Blicken entzogen, fand ich mich plötzlich an IHRER Seite. Wie hat da der Fluß, der sich zwischen uns drängte, euren Mummenschanz fortgeschwemmt, lange noch plärrend über die Leichtheit des Flitters, der uns beiden zu schwer und so teuer erschienen war. Nackt, begannen wir schmerzhaft zu schrumpfen, wunschlos in unserer Scham, bis einer dem andern am Ende unlesbar und Landschaft wurde.

ELEGIE VOM ROSENMONTAG

Mit Herzlippen dich zu fassen,
KLAGE, die du den Schnee flohest
hin zu den Heiteren,
rüsten sich früh in den Niederungen
die Heere der Silben zum Tanz.
Allabendlich keltern sie dein Souvenir
aus ihren spröden Basalten.

Gnädig nimm auf
die Huldigung dieser Flocken,
ihren tödlich-nichtigen Schrei,
Herrin der ungeschorenen Wiesen,
Mädchen in schmerzhaftem Rot.
Dir zu Füßen und in deinen Händen
so viel Liebe, die sich nicht schont!

Taumelflug eines Widders,
heillos von Sonne gezüchtigt,
bis er zu lächeln meint.
Vom Horn, dem Erlöser des Fleisches,
wehn sieghaft Flitter und Roben.
Stammelnd, die Wehre zerstampfend,
hat er bald deine Süße gelernt.

Wie er schmelzend noch dich erhöht,
vorzeitige Sommerträne!
Dein Schicksal ist Hochzeit und Exekution.
Vorbei am Frost,
dem verbissen aufs Pflaster hämmernden Kind,
vollstreckst du dich selbst,
nackt und ins Lied gefaßt.

DAS WORT WARD GLAS

Das Wort aus Nebeln der Frühe,
da alles gemeinsam war,
zeltet nicht unter uns.
Das Wort nahm Zuflucht
unter der Pfirsichhaut unserer Tränen,
dicht am metallischen Kern.

Wie hab ich die Woge unterwühlt,
die meinen Grenzpfahl mit Quallen bespie,
Meerstern um Meerstern haben unsere Zungen getauscht
dem Heimweh zuliebe des Lieds
nach dem schmalen Glück eines Ufers,
das wir haßten, sobald es vertraut war.

Dreimal muß weinen, wer einmal zu gehen vergaß,
bis er das gläserne Wort neuen Abschieds wieder erinnert.

PRO DOMO

Beuge dich, setz auf die Hand
locker den Regen des Herzens.
Tanze, ein Spektrum von Sonne und Laub
kühlt dir die trunkene Stirn.

Löse die Wünsche von Fron,
verpflichte die Kargheit des Leinens,
einzuhüllen den Zorn,
einzubehalten den Hauch.

Es fängt sich der Stern in den Knoten
eines einzigen farblosen Haars
jenseits von Goldgrund und Schlamm,
den Trutzgebärden des Blutes.

Folge nur diesem Duft.
Singbar wölbt sich dein Schritt
über den Herd in das Dunkel
einer geweissagten Brunst.

Dort ist die Mitte des Haders,
die Feier, die wahllos versehrt,
wo deine Hände entbinden
ein locker regnendes Herz.

SPRUCH DER ZIGEUNERIN

Der Efeu, den du beständig aus dir entläßt und speist, diese Welt aus Maßwerk und Dickicht, die du fügst, verfügt über dich wie ein skrupelloser Gaukler. Folge ihm blind, sei opfermütiger Freund, öffne dich ganz, glaube ihm nichts.

Freu dich der gleißenden Täuschungen, verliere dein Herz an das Kaleidoskop der widerstreitenden Aspekte, zweifle an jedem Gewinn und Verlust. Eines Tages wirst du bereuen, nicht genug geliebt, nicht genug geweint, nicht genug mißtraut zu haben. Eines Tages wirst du deinen einzigen Freund verstoßen, weil du sein Lieblingstrugbild für wahr nahmst. Du hättest es ernster nehmen sollen.

Doch deine Reue wird kurz sein. Getrost wirst du sagen: endlich leitet mich ein unwandelbares Gestirn.

Idyllischer Leichenstein im Schmuck solcher Inschrift!

LINDERUNG

Nimm den Schnee, nimm die Stille zum Maß
für die Musik deines Schritts.
Rastend gewinnst du Kontur,
wird zur Rose dein offener Leib.

Nur dieser Estrich von Schnee
schmeidigt und tränkt dich mit Helle.
Hier ruhst du ganz und in Kraft:
Füllhorn zärtlichen Rauchs.

Nackt, gehüllt in dies Lächeln
kristallinischer Präzision,
breitest du deinen Hof
in Böen über Spiegel und First.

Wie dir das Schweigen vertraut,
das aus den Fichten perlt
heim in den Schoß, der gefror ...

So bist du Seihtuch des Leids,
einzuheimsen das Salz
der Klage, die rasch sich verliert.

WÜNSCHE AN LADERAMPEN

Immer huldigt der Nacht
dieser aufkommende Wind,
der die Takel belebt,
und die Sonne löst
nur Schübe von Mut
vor dem Andrang der Klaue des Greifers.

Jede Zögerung zahlst du mit Bitternis,
jede Ausfahrt mit Kahlschlag des Blutes.
Und nichts bleibt gemeinsam, es sei denn ein Wunsch
nach Befriedung des flüchtigen Raums.
Doch das Turmseglerherz
ist ein Irrtum der Torbewohner.

Schwerkraft, Nachtwandlerin,
ruf aus elliptischem Spiel
die Last in den heiligen Schatten.
Birg uns im untersten Stau,
der, unauffindbar den Schwingen.
Nabel und Thron uns sei.

BALLADE VON AIGUES-MORTES

I Les Remparts

Mit den Rauchfahnen des Herbstes kamst du vom Festland her, im Blick die ganze geradlinig durcheilte Fremde. Du kamst bis vor dieses Verhängnis, das wir gemeinsam erstiegen, den Wall, der meine Stadt feit gegen die toten Wasser und die Jahreszeiten der Liebe. Was die letzten Sonnenstrahlen vor uns belebten, der vielfältig braune Tanz der Schindeln auf dem Pflaster, das keinen Triller vergaß seit den Tagen, da der Halbgott entwich, schien dir bald mürrisches Inkarnat des vollkommenen Widerspruchs, bald selbstgefällige Harmonie. Der Mangel an frischdurchblutetem Laub und die Fülle von Wind ließen uns taumeln vor Gleichgewicht.

Die Umschlingung begann, als die rote Wolke in die Hand des Dämons fiel. Dies war nicht mehr die Wasserstadt, die einsame Späherin, der schlammgeborene Seufzer. Die Klagemauern wichen der Übermacht. Ihr strenges Quadrat verschmolz mit dem Horizont. Land, dunkel von Zukunft, steigt über die Zinnen, wärmt das abendmüde Gestein. Zum Quell wird der Schacht, zum Vogel der Staub: Land, Festland mit wunderblühender Haut. Es duftet der Markt, und ein Lachen spielt in den Winkeln.

II Les Eaux Mortes

Ich folgte der Liebe mit dem schürfenden Herzton, der Liebe, die sich versenkt. Am Brunnenmund lag meine Wange, umkost von Nebeln der Fabel, und lauschte dem Raunen des Aquamarins. O unbelehrbarer Durst nach dem kristallinischen Glück: Wort, ewig in Wehen und vorgeburtlich für je!

Durst im Zeichen des Krebses... Das Lied kehrt heim in die Träne, die sich sehnt nach dem offenen Meer. Dies ist die Stunde des Froschlaichs, da die Mauern hallen vom Jubel der Greise. Ich war ohne Hoffnung. Doch dein Blick, vom langen Herrschen wie Samt, wies mich flackernd die antiken Strophen hinab. Ich ging, bis die Starre kam, die mir Sicherheit gab, bis ich eins ward mit dem Schoße der großen brackigen Nacht, bis mein Puls erlosch in ihrer dröhnenden Monotonie.

III Le Grau du Roi

Sonne - und unablässig Phalangen gleißender Kettenhunde, die das Morgenmeer gegen mich hetzt, Dissonanzen des wirren Alleingangs... Was blieb mir zu tun, als das Lob des Aufruhrs in die mulmige Buhne zu pflanzen? Hier rangen Bienenvölker mit Schlangen, Kraniche schamlos mit Ratten um das Darlehen meines Schreis. Aber die Düne bot Zuflucht allein dem Frost und dem Schweigen, dämpfte das Echo, verschlang die letzte Spur vom Gewissensbiß. Das glich schon fast einem Sieg des Azurs, und die Ader summte vor Klarheit.

Klage, die feiernd entspringt aus der Unschuld des Sandes, nun erst bist du im Recht. Ich küsse die Distel, die dein Fuß betaut, ich schluchze beim Durchzug der Herden. O HERRIN AIDOS, so krönt dich mein Mund! Denn dein ist kein Reich, nur der geheilte Raum, und auf das schweifende Herz legst du die stetigen Sterne.

DEN LOTSEN ZU SAGEN

Für Johannes Hübner

Gib, wenn die Dünung zärtlich deine Finger beringt,
ein wenig den Meuterern nach.
Mit Bootes entschwand die Weisheit des Ziemers;
nun mit Corona Traumlicht und Uhrentrost.
Nicht Schmerzensreichen,
nicht Hingerissenen blühte am Bug der findige Schrei.
Wahllos nistet die Schönheit.

Aus hölzerner Brust
zündet ein Frührot Funken voll Widersprüche,
trinken die Möwen ihre grämliche Litanei.
Vom Land her ein Scharlachwind
bläht die durchnächtigten Segel
mit Scham. Kreide
drückt auf die Kielspur.

O du im Schmuck
deiner raunenden Wunde, der Klarsicht,
laß das Salz, diese Haarspaltergabe
eines heidischen Sonnenkumpans,
schwelen in den Debatten des Schaums.
Von einer halben Berührung zuweilen
bleibt dir das lachende Fleisch des Brechers.

Nackt hält die Brücke der Mut,
mustert die Harlekinade,
prüft die Reife des Weins.
Vernarrt ins Geläute der Klippenschwämme,
glitt deine Großmut längst dem Koloß voraus,
kundige Otter, Erbin
eines vielschichtigen Laichs.

CHORLIED

Πέτρας καὶ πολίας θαλάσσας τέκνον . . .
ἐκ δὲ παίδων χαύνως φρένας, ἆ θαλασσία χέλυς
ALKAIOS

Meeresleier, dein leichtes Lied,
Hoffnung und Knabenschrei,
trägt mir der wasservergeudende Wind
bis ans Herz, die törichte Wunde.

Hingestreckte nun nach dem Spiel,
lässig wie Meerestang,
hat sie der schläfrige Mittag gekrönt
mit Zirrus, Schmuck der Rebellen.

Frevler, sie stoßen die Schleusen auf
dieser Verhängniswelt!
Sonne und Unschuld geißeln das Land
unterm Abschiedsröcheln der Raben.

Sieh, eine Muschel blüht auf und steigt,
raunende Retterin,
über den schwefligen Deich des Traums,
behutsam die Träne zu bergen.

Wie sich hastig der Horizont
um die Erwachenden schließt!
Deutbar ward alles und feuchte Nacht
und willig zuckende Schale.

Reife Tochter des felsigen Steins
und der schlohweißen See,
Meeresmuschel, es staunen dich an,
es sinnen dir nach die Knaben.

ANADYOMENE

Gospelsong für Joachim Uhlmann

Brackiges Schluchzen aus den Winkelzügen der Buhne,
Tränenreigen, o wundersüchtiger Friede,
in Trauer über den längst entschlummerten Wind,
und immer die tonlosen Fragen der Geißler ...

Brüder, hier treiben
zwischen Kork und gefiedertem Filigran
katzenhaft unsre sublimsten Trümmer,
suchen sich Hütten zu baun im Schoße der nächtlichen
Brandung.

Warum mit dem Lächeln der Klarinetten
nicht heimwärts tauchen zum Quell allen Streits,
wo unser Dämon phantastische Hochzeit hält
mit den brünstigen Töchtern der Schalentiere?

Aus solchen Tiefen
dringt bloß die Verachtung des Schreis,
perlend in kristallenen Trillern
bis zu den Schaumkronen des Herzens;

daß da sei eine Bahn,
wenn wieder die Fürstin, die flüchtige,
die unter Kärrnern zu wohnen verschmäht,
ihren Aufflug durch unsere Hymne zu lenken geruht.

O äußerster Luxus eines Gloria in den Höhen -
kein Chor und kein Echo und doch des Rühmens kein Ende,
o süße Vergeudung, o letzte Ölung der Wünsche, o Fest
hohnlachenden Lichtes!

Bleiben wird immer der Jubel der Reichen von nun an,
bis die Überflüsse münden im Feuer einer einzigen heiteren
Mandel,
die zu küssen der Mann sich befreit vom Mehltau
sternverlorener Pilgerschaft.

SERENADE NACH GROSSEM MITTAG

Schwarz stand sein Schrei,
steil,
knisternd vor Aufruhr und Duft.
Zerschliß in der stampfenden Sonne.
Verzweigte sich spiegelnd über Rinnsale und Gesträuch.

Musik, Schnee seines Mundes,
raunende Nacktheit, die sich im Purpur der Muscheln
        sternenhaft widerspricht,
züchtigt die Kelter.
Dehnt die mannbaren Schatten des Herbstes heimwärts ins
        Dengeln der Kindheit.

Weich,
gebettet auf Moos und Tränen,
ersehnt der Halbgott die Nacht des fruchtgebornen Verzichts,
träumt glührote Pforten in den abgeernteten Himmel.

Singe, vom Herzton umrankt,
zimtene Klarinette,
das heisere Schweigen des Quells.
Willig läutert das Laub die vermessene Kadenz deines
        Atems,
krönt die unmögliche Harmonie.
Für die Frist eines Jubels
öffnet die Felswand ihre widerspenstigste Ader.
Hohläugig naht in Geschwadern das Blei.

Sieger ist nicht der Blitz, das Liebessiegel der Adler,
noch das unbeugsame Blut.
Ein flüchtiger Reigen verzehrt die Tat
zu erinnerungstrunkener Asche.

Richten wird uns das Lied,
wenn es nach grübelndem Spiel
das Pfahlwerk unserer Hoffnung, das abgefeimte, zerrüttet,
Synkopen ins Brachland sät, wo Staub und Anmut sich
        paaren,

bis berstend uns fortreißt ein schmerzhaft gereiftes Wort,
abtrünnig bis ins Mark seiner Dolde.

ZWIELICHT
(Camargue)

Für Jacques Dupin

Vor uns, von mürrischem Delta umbrandet, die Insel der heiligen Rinder. Alle Laster der Kindheit woben an ihrem Gewicht: die Langmut des Sandes; die knospende Hand, die hastig sich öffnet dem herbstlichen Wiehern der Frühe; die Tücke der Brombeerhecken; der Zorn.
Ein Gegenzauber das Festland. Schon befreit sich der junge Tag aus widerspruchsvollem Geäst, überflügelt die schmale Vision. Kein Weg als diese Mäander, umraint von Riedgras und Barbarei; keine Sicht als die lautlose Walze der Wolken.
Ein Salamander, der uns gewahrt, erstarrt zwischen Skepsis und Hoffnung. Doch in den Runzeln unserer Hände blieb keine Erinnerung an Balsam zurück. Lodernd im Netzwerk der Spiegelungen - unentwirrbare Spiele des Blutes! -, verheiße ich einen Mittag, der lüstern über die Ufer tritt, einen Blitz, der das Trugbild kreuzigt am grünen Holz.
Wiedergeboren aus Funkenflug, wenn die Leere sich zärtlich an unseren Martern reibt, blüht die Zwillingsflamme auf deiner Iris: die Rose des Tanzes, die Rose der Meditation.
Und während dein Fuß, der blumenkundige, sich einen Halt gräbt im Staub, bist du schon Furt und weithin singende Insel, Zuflucht und Beute weicher, unbändiger Herden.

FREISTEHENDE ESCHE AM HANG
(Aichtal)

Erde, die losgelöst steigt, Mondlicht, das fällt.
Nebelkrone, dein Wink rückt die Tage ins Gleichgewicht.
Immer ist die Mitte der Duft des schlummernden Gottes.
Brüderlich schwärmen Tränen, umsummt mich der Saft.

WINDBRÜCHE

1960-1975

Weder am Gestade sich halten
noch sich dem Meer anvertrauen,
sondern dem Wind.
RENÉ CHAR

I

VORFELD

Gib der Nacht zurück, was du dem Tag entrissen. Trag die Glut bis an den letzten lichten Streif. Ohne Grenze sein. Verschilfen.

Wo der Schmerz nach Weisungen schürft, pflanze Mut um Mut die herrischen Wälder des Schweigens.

Heimgeleiten die Nacht, auch ihren letzten lauernden Schrei, bis alle Schwere sich sammelt in der wunden Furche des Herzens. Wachsam. Sprungbereit.

Doch sieh: fast müßig wirst du die Perlen zählen, die Trauben, Bild um Bild. Aufschwärmt das Wort, herbstlich, jagdbar und jung, dir um Tagereisen voraus: scheuer Atem der Genesung.

Glück, faßbar den nüchtern Schweifenden.

WAHRHEIT MEINER STADT

Scheu ist sie unter dem Lärm.
Nur manchmal, wenn's dämmert, in Gassen,
wo die Quadern sich blähn und der Mörtel nichts länger verhehlt,
tritt sie hervor,
nackt im Schmuck ihres Trotzes,
zeigt ihre rostroten Türme und bleiernen Zinnen,
Herzgruben und Hinterhöfe.

Man weiß, sie hat viel geliebt.
Als aber die Schamlosigkeit ihrer Fensterhöhlen zu welken begann,

verleugneten wir ihre Strähnen und Striemen,
ihr kreischendes Lied und die Inletts auf morschen Balkonen.
Wir haben ihr Antlitz geschunden, den Leib entstellt, der uns
trug.

Freunde, seht ihr sie so,
tretet zurück in das Schweigen.
Ringsum wirkt schon ihr Fluch:
Nie werde grünen unsre vergebliche Jugend,
eh nicht der Efeu rankt über Glas und Beton
und, was Larve war, zuckt als Flamme und Schatten.

MANSARDENBLICKE

Im Nordosten, dämmernd
durch das Skelett der Kastanie,
die blassen Kolosse,
kubisch getürmt,
vor Mißtraun vibrierend
gegen das Flackern
des niedergetrampelten Himmels.

Nach Westen zu,
schmorend in vielfachem Rot,
das Gewicht der Schindeln:
Zornmasse, dicht
über der kaum noch röchelnden Enge.
Golden dahinter,
violett gerahmt,
des Wasserdampfs pomphafte
heitere Physiognomie.

Kälte mustert mich
vom Antennengestänge des Nachbarn
durch die Augen einer Krähe.

STATIONEN

Brüder, wenn wir ins Unbewohnbare traten, vor den Wall, der uns schirmt und erstickt, was wußten wir einer vom andern? Manchmal den Herzton des Kiesels, der die Einsamkeit übersprang.

Bewahren wollte ich, was mir teuer war, und gesichtlose Trümmer entriß ich der verzehrenden Gegenwart einer Wolke.

Lote nicht, geh!

In den hoffnungslosen Zeiten der Dürre sind die Wurzeln im Irrtum, wird das Gleichgewicht zum Verhängnis. Schwerkraft rettet nicht mehr. Nur der jähe Mutwille zur Hoffnung.

Unauslöschliche Idee: das helle Blut einer Bresche im Horizont. Beglückende Realität: wachsende Schachterfahrung.

Tränen auf den Wangen des erschlagnen Gesteins. Ihr beugt mich. Bin ich schon euer Gefährte?

Der Durchbruch kündet sich an in einem Augenblick rauschhafter Einbuße an Übersicht und hellsichtiger Bemächtigung einer Schattenkraft. Auf die Asche des Schmerzes folgt unmittelbar die Kälte der Präzision.

Die Nacht läßt uns keinen Ausweg. Absterben in ihren Gründen oder sie vorwärtstragen auf unsern Schultern ist ein und dasselbe. Für die Dauer dieser unbarmherzigen Kommunion sind wir mit ihr ein Leib.

In uns überlebt sie den Terror des Tages, den gleißenden Veitstanz, die dröhnende Abdeckerei. Im porösen Licht fassen wir fester ihr Schweigen, singen wir ihren Zorn.

Unser Atem: hochfahrend, durchsichtig, grenzenlos. Erst vom Rauch der Zukunft empfängt er den unwiderlegbaren Kontur.

VERSUCH, DEN ENGEL ZU BESCHREIBEN

Zu lange schon auf den Dächern genächtigt, meditiert, verhandelt. Das Asyl, zumal das selbstgewählte, begünstigt die abgefeimteste Schrumpfung: kein Atem mehr, keine Wehen, keine Verwandlung. Vergebens kreisen die Gestirne. Was bleibt, ist die Inzucht der Abendröte. Aus fadem Tagesrest sintert die Trauer, die alles mit Weihrauch tränkt.

Ich wage den Sprung, mögen auch Skepsis und Phantasie ein schmerzhaftes Abenteuer verheißen. Meine Trägheit, sonst ein eifriger Gott, verleugnet sich, fügt sich der Klarsicht, dem alles beherrschenden Zwang. Mühloser Aufbruch.

In der Helle wogende Konturen, die wechselnd sich nähren von unserer Gier und fernhergetrommelter Lust. Gesellig-ungesellig; Chimären-Materie, die sich am Bollwerk der Worte bricht, sich siebt und verdämmert. Schlechte Gehilfen.

Und doch ist ER einer von ihnen. Wenn ich will, tritt er vor, im kalten Lichte gereift. Steil kommt er näher, widerstrebend, fast feindlich. Kein Haß zwischen uns, nur ein Mißtraun, das tief entwürdigt. Wie kann ich ihn beugen?

Auch er dringt auf Unterwerfung. Ich aber will unrein vor ihm bestehen. Was wäre ich ohne die Ausdünstungen meiner Schwäche, meiner Verdammnis? Sie sind mir ein stolzes Panier, um welches zu kämpfen lohnt.

Noch greift er nicht an. Nie greift er an. Doch seine Nähe ist schon meine Wunde, die seit je in mir schwärt und mich vor den Leuten entstellt. Trotzdem kein ungleicher Kampf: ein Wort von mir - er tritt ab, gebrochen, grausam verletzt. Ein Bild, grotesk in seiner Verstümmelung.

Zögernd erkennen wir uns. Die Schönheit seiner Fragmente glüht auf in meinem Fleisch, entfesselt Süchte, entflammt das Hirn. Durch sein dröhnendes Auge bricht der Tag mir unter die Haut, Hymnen schlagend aus meinem Geäder. Ich bin der Mund eines Jubels, den Erde und Himmel verschweigen, eines Jubels, der Schneisen rodet ins qualmende Glück.

Leicht wiegt nach aller Fülle die endlose Bitternis, die heimlichste Phase unsrer Begegnung. Wenn jeder von uns sich wieder versammelt und Umriß gewinnt, einer nach des anderen Maß, und willig sich löst. Mein Reichtum ist diese Nachtwache, wo der Paktol im Dürren versiegt... Wo der Blick des Armen zur Folter wird, zum hämischen Bluthund der Mond ...

Unablässig sich bäumen. Sein Duftmal, Brüder, hat uns gefeit.

LE POÈTE ASSASSINÉ: NEUE INDIZIEN

Seine Götter. Sie pflanzten ihn ein. Zu tief, um zu verwehn. Zu fest, um zu fliehn. Sie zogen ihn groß. Zu spröde, um sich zu schmiegen. Zu hoch, um nicht zu schwanken. Fast ohne Rinde. - Götter, die gieren nach gemartertem Fleisch. Launisch, unüberwindlich, doch absetzbar.

Die ihn liebten. Sie stützten und schwächten ihn. Zärtlich banden sie ihn, zogen ihn nieder. Ebneten ihm einen Weg. Das war nicht der seine. Schnellten ihn weit voran. So fiel er zurück. Enteigneten seine Verzweiflung. Rühmten, je lauter, je enger. Zahlten ein helles Ja für die unhörbaren Schreie, den Atem, den die Umarmung ihm stahl. Hehler.

Die ihn haßten. Zu wenige, leider. Sie waren, in der scharfen Strömung seines Hinsterbens, das retardierende Moment. Emsig, doch zu schwach, um ihn wirklich zu halten. Sie blühten und welkten von seinem Licht. Hitzige, flüchtige Opfer.

Die Gleichgültigen. Immer zu Unrecht verdächtigt. Zu seinen Lebzeiten reglos. Obwohl aufgehetzt und geschunden. Bei seinem Hinscheiden ratlos. Mit einem Anflug von Hoffnung. Zuletzt fanatisch hygienebeflissen, zerrissen, zerstampften, verscharrten, verbrannten sie seinen lärmenden Überrest. Dienstbare Stoffwechselgeister.

Die Feigen. Eine Kindheit, drei Nummern zu groß geknüttelt: da hatten sie sich notdürftig etabliert. Weder im Gestern behaust noch in der Stunde, die ihnen schlägt. Kläffende Hüter einer nur verordneten Ordnung. Von Panik geschüttelt, zu verlieren, was sie nie besaßen. Was der Knechtssinn der Väter ihnen vorenthielt. Friedlos, weil unbefriedigt. Wach, sprungbereit, daß keiner ihnen nehme die Wonne, im Meer des Konsensus unterzugehn. Sensible Neuntöter. Zwar, ein Befehl der Herrschenden lag nicht vor. Erübrigte sich, in der Tat.

GLAUBE

In memoriam Bernhard Weber

Die dröhnende Julisonne reißt Gräben in die Schulter. Kähne, mühsam gestakt, harren ins Künftige, suchen ihr Heil in der Nacht, schmiegen sich in die stumme Wollust des mondenen Kettenhemds. Wunschbilder - verheißen, allzu vertraut - züngeln am Horizont: Segel und Schwäne in flirrendem Violett.

Dies ließ er außer Betracht. Ihm hatte ein sagenumwobener Fürst sein Leuchtfeuer anbefohlen. Seitdem unterschied er nicht mehr die Stimmen von Nachtschatten und Azur. Obwohl er beide bewohnte, ingrimmig, schonungslos. Obwohl er zuweilen mit ihnen verschmolz.

Sein Ende kam über ihn wie ein Reiherschwarm. Abgetrieben von den Seinen, im Mittagsland, wo die Ängste ins krustige Flußbett schäumen, fand man ihn, aufrecht. Weder Gabelung noch Grenze vor ihm. Und als er den Fuß, wissend geworden, auf die Dämmerung stützte, war das Herz von seiner Königsbürde befreit.

Vogelherz, im unendlichen Einklang verloren, Chiffre eines Sterns.

II

VORBOTEN

Der dämmernde Erdleib. Sein Blei
trinke ich, treibe ich aus.
Gegenlast, brich aus dem Schmerz: steig auf,
streitbarer Atemleib!

Wölbst du dich, gleich bist du Glanz,
bist du Salz, und Schnee gerinnt rings,
lallt wie Erbrochenes, schwebt,
schwelt wie ein Kindergelächter.

Ich hisse dich, treibe dich vor
durch blasse Asphalt-Havarien
in den Schatten des Wrasenmonds:
mein Zorn, der mir nicht mehr gehört;

meine Liebe, die, dreifach vermummt
vom Sudel vergeudeter Schreie,
zerscherbend die Starre weckt.
Ich harre, nackt bis ins Hirn.

AUSGIESSUNG

Auf Bergen, auf Brüsten
zerteilt wie von Feuer.
Die geschundenen Zungen.
Bröckelnde Bäumung.
Vergletscherter Schrei.

Wo ist der heile,
der Leib, der Lied ward?
Es reden die Zungen
nur Spiele, nur Spuren
um Augen und Stirn der Verschneiten.

Pfadfündig du,
Schlange und Flamme,
hinzitternd in Schwüngen,
blattgrüngesättigt
und köstlicher Zweifel voll,
jagst du, Kaskade,
da ich mich tilge,
schweifst du, erhaben
über Beute und Deutung,
heimgreifend weither
Leiden zu neuem Duft.

Einst
tastender Feuerzweig,
hastiger Feuerzeig,
stumm.

Nun
lachender aufrechter Blitz, der bleibt,
wenn die Schwelle, die singende,
birst.

NIMBUS UND ABENDRÖTE

Sie verschließt ihren Leib,
- Katzen unter der Haut, Dohlen im Haar -
diesen Leib, der sie flieht.

Ich betrete ihn durch das Netzwerk der Plagen,
über den zehrenden Anstieg des Rauchs,
der das Weichbild ins Zwielicht rückt.

Fernhin lauscht sie. Ich bin nah.
Ich bewohne sie bis ins Geflüster der Wimpern,
bis in die Bitternis ihres Verwehns.

Noch ihre Neige
zetert mir Weisung und Trotz.

LA FEMME-TAUREAU

Gegengift, einst, stolz
einschießend in den Hohlleib,
feindlich nun knospend
im Doppelstachel der Brust.

Die Spieler verloren,
was nie Spiel war.
Eine Mauer aus Purpurmut
verwehrte den Raub.

Züchtigung heischt der Gott,
trunken von deinesgleichen.
Im Fallen noch malmt
er die Handwurzel dir, die Lippe.

Wie gewittert dein Aug
im Mittag der dumpfen Rinder,
da die Nacht dich schon trifft,
die Süße des Volapié.

DOCKS IM WINTER

Blind ragt der Plankenleib
ins Herz der schaumumgürteten Stille.
Schwankt über verspäteten Gliedern.
Speit weiße Majuskeln aufs abgehetzte Gestein.

Alle Spannkraft des Raums
fiel wie ein fügsamer Rauch
heim an den atmenden Schoß.

Wir widerstanden dem Sog,
wiesen dem Strahl der Verheißung
unsern gemarterten Rücken.

Nie warst du so allein,
Bruder des Dschungels:
Jenseits des bäumenden Zorns
dämmert ein Land ohne Fährte.

Hier wurzelt der Fuß
nur in der Flucht der Gezeiten.
Vorausweht dein Schrei
der gierigen Schwinge des Schwarms.

LEGENDE

Der Alte, gebeugt von Sternen.
Er worfelte ihren Glanz.
Und die Brust der Nacht tat sich auf
vor seinem lechzenden Spaten.

Liebte er? Monotones Geschnalz
züngelt aus schmalem Geviert.
Längst fiel die Herzkraft anheim
schriftkundigen Schlangen.

Zorn war's, was ihn bewog.
Die Tiefe vergilt's ihm mit Huld.
Trunkner, der Last um Last
sich seiner Gnaden entschlägt.

Unstet und festlich leicht,
Flamme, die lockt und hetzt.
Nichts bleibt im steigenden Licht
als Dampf und duftende Krume.

GEGENPSALM

Welk die Girlande.
Der Stabreim verdorrt, verglüht.

Wo Fülle war, rings,
scheppert die Düne,
räkelt sich, winkt.

Ich behungere dich.
Du zerschweigst mich.

Ausgehöhlt grinsen
dein und mein Blitz
und lungern.

Wer hat unsre Nacht unterwandert?
Die Grille.

Gebenedeit.

III

PORTRÄTS

1

Die sich sehnt nach Zerfall - die ich kenne: Quelle der Wärme, des wärmenden Durstes nach Nacht - ist den Sterntrauben nah und ihren bitteren Wirbeln. Schwingt weit dem Zerfall voraus. Hinter ihr brodeln die hundert Süchte der Spaltung, eine Furche von leuchtendem Leid, wo die Schatten zusammenschlagen: ihr Exkrement, ihre Nahrung. Notdurft, die ihr das Antlitz verjüngt, von Wahrheit zu Wahrheit.

2

Schnürherz. Es steilt sich. Es flammt.
Garben voll Rauhreif im Blick.
Schmiegsame Kraft im Entwurf.

Von der Dauer umstellt, der zähen
Beute emsigen Lichts,
schwärmts auf zu maßloser Flucht.

In Sternkrallen hechelts und strähnt.
Der Schwere hörig,
gerinnts unter Orions Tortur.

Im Frühdämmer taumelts anheim.
Bei Tag in den Schlehdorn verzurrt,
weigerts die Rotation.

3

Haselstrauch, schwingend, wenn lüstern dir Sonne und Wind
den Nachtschweiß, den silbernen, küssen,
schwingend mit der müßigen Kraft einer eben gereiften
Gepardin,
schwingend vom zeitlosen Moos zum Schrei des Pirols und
wieder hinab bis in die Weisheit der neunmal gespaltenen Wurzel,
daß Hunderte samtener Kätzchen peitschen über das Fell
dieses durstigen Sommers,
der wohlig sich dehnt wie ein ferner endloser Donner.
Haselstrauch, du mit dem Mark meiner eignen versunkenen
Kindheit,
schwingend und singend ein Lied, das zu lernen
wir hierzulande uns mühen in staubigen Tagemärschen.

4

Drôle de ménage
RIMBAUD

Die auf dem First ihrer Angst, ihrer Kraft
winterlich meditiert,
vergafft in Leine und Lot,
Fergin (von Mund zu Mund)
des kichernden Wüstenbrots,
Spottesgebärerin, Traum
zeugende blinde Magd ...

Ins Mastwerk verkeilt Ulyß:
nichts lindert den Hagelschmerz.

ENTRE CHIEN ET LOUP

Für Bettina

Erlendickicht, du bäumst dich:
Nebelkind, Traumtier, verwunschener Fels.
Schreckt dich der Sturzbach, der nichts behält,
flachgrabend nach Tiefe sich sehnt?

Kein Falter verweilt an den Strudeln.
Vogelschrei lauert wie Rauch.
Im Hinterland knirscht der Mut
und trommelt das Nein der Verheißung:
Mag Blei die Liebe erwidern!

Nur ein Wind aus dem Brachfeld der Schmerzen
hebt von der Stirn dir den Groll,
und mit dem Blitz aus salzigem Tau
spottet ein Ja dir am Mund.

MEMNON

Ich wollte, der Wind, den die Dürre gebiert, der Wind des Zorns und der raschen Tat, schliefe bei Schatten und Klüften; daß sein trunkenes Röhren spalte das Ohr der Nacht und auf dem Markte verkünde die Stunde des Reihers, den Einklang von Wolke und scheuem Gras, Anmut und Kargheit des Blitzes.

Doch der Eifernde, blind, erkennt nicht die Braut, und auf seiner brandigen Spur taumeln, versengt, meine Boten, ihre weißen Schwingen tauschend gegen ein Krähengefieder.

MISTELN

Für Rajna

1

Durch die Hecke der Wind kräuselt das Herz mir, das nackte.
Hatte er Heimweg verheißen,
unsern nächtlichen Zungen zum Trotz?

Er streunt,
und er wiegelt das Gras gegen uns auf,
das durstige, das den Quader zernagt.

Diese Kühle, dies Fieber - bist du es?
Ein Zwitschern bäumt sich und stirbt dir im Haar,
sprüht und wird Filigran.

Ich taste nach einem verzehrenden Hauch, unsrer letzten
heilsamen Beute.
Und da war schon dies Lächeln, das ohne Ton
den Tiefen der Wimper entsank.

Alloffene du, die mich schmelzend umringt ...
Wenn du mich suchst: gib acht,
eine Schwalbe klafft dir in der Schulter.

2

Die mir den Weg zeigt, die Wolke.
Vorm Dorf der verrufene Weiher.

Wohin treibst du, mein schmerzhaftes Blatt?

Leicht ist der Fall in der Stunde des Reigens.
Und schwer, was uns wohlwill, der Meerwind und die Geduld.

Malmende Nacht.

Hastig zerdehnt der Dämon die Nuß, bricht aus.
Worte wie lockerer Regen, kein Vers ohne Janusgesicht.

Und die Biene singt: Wolke und Weiher sind eins.

3

Schmiegsamer Nebel, lichtes Gehölz: ihr flieht.
Oder entrückt mich der wissende Vogel der Sage?

Was Höhe gewinnt, ist dies einsam gepferchte Herz.
Zur Weite verhilft schon ein zorniger Atem.

Unwiederbringlicher Raum. Liebe,
die ihren Ursprung verlor an die Kinder,
die sicheren, niemals gereisten.

4

Saft, der nicht steigen,
Herz, das entgleiten will, -
diese Stille schindet und würgt.

Wind fällt ein, blaß,
rettet,
wölbt mich zum Bogen.

Nun vergeud ich mit jedem Pfeil
einen Sprung, ein Lachen von dir.
Zehrend reih ich uns ein
ins Netzwerk von Wolke und Staub.

Die Schwebenden kennen
nicht Ankunft noch Wiederkehr.
Doch ihr Durst wird vergolten,
eisig, schon hier.

ENTWURF EINER GEGENWART

Der dir sank auf den Grund, um dein Salz, deine Helle zu trinken, wartet. Wartet zu lang.

Schnee wird dein rasches Blut. Zeitbrocken sintern mir unter die Haut, lagern an Adern sich ab. Und das Haus lungert blind, ohne Schnecke.

Böen von Trauer und Zorn. Meine Fühler gehen nach, der Nacht und den Hähnen zum Trotz. Unverdrossen.

EROS SELBDRITT

Wie der Gott mir die Glieder erregt und lähmt,
bittersüßes, unzähmbares, schleichendes Tier.
SAPPHO

Arm in Arm mit uns, lief in die Irre der Schmerz, kläffte über die Ebenen hin, vergrub sich zitternd unter Skrupeln und Laub. So will er den Wilderern trotzen und der dröhnenden Kälte der Sterne.

Geliebte, was jetzt vor uns scheut, wird uns heimsuchen eines Nachts, uns leicht machen wie ein mondenes Gift, bis wir reiten, ratlos und glückversehrt, auf den unverweslichen Rhythmen dieser Chimäre.

IV

SPANISCHE KATHEDRALE

Eine Taube, die aufsteigt, - unser gemeißelter Schrei - und ein Stern, der sich senkt. Dazwischen, goldbrünstig im Namen der Armen, flammt der Retabel, träumt Ruhe und Eruption.

Gelöst, fast aufgelöst, sind die Ketten, läuteten sie nicht zuweilen im Innern der erschöpften Pfeiler. Doch unablässig wandert der Raum, und wir feiern seine Flucht aus den Quadranten des Zorns und des Schweigens, wenn die Dämmerung kommt, die den Liebenden Tempel baut.

AIDE-MÉMOIRE

Versäumt ward,
verträumt unter labenden Schindeln,
was von Stürzen sich nährt,
was sternher glimmt aus der brodelnden
Kindheit der Götter;
auch trauernd verspielt die Gefahr
bodenloser Genesung.

Blinde Tage, ratlose
Nacht: warm war
von Zahlenkolonnen
das Bett, unfehlbar
das Mittagsgestirn.
                                        Am Laken
woben die Raben.

MESSTISCHBLATT

Weiß grinst
die Ebene, abweisend
des Knaben Wünsche. So zerstieben
früh schon der Schrei
nach den Gipfeln der Adler, später
die Krypta, die mütterliche,
mit den lethetrunkenen Katzen.

Waagerecht, diese alle
hat verstümmelt die Angst.
Zerrenkt, pulsende Schwaden,
ausgespannt zwischen Ratten
und hämischem Horizont,
eifern sie blindlings,
feiern sie die Tortur.

Zahlreich in unserm Land
sind die Tage des fehlenden Himmels,
die Nächte. Rühmen
will ich den chinesischen Weisen.
Hinter der Berge und Schlüfte überragenden
Mauer steht er aufrecht,
mistelbewachsen, ohne Furcht.

SCHWEBENDE PROZESSE

Nach Nächten des Schwankens, des Kreisens
pendelte aus mein Lot:
Zentrum des Exkrements.
Schweigend, mit Präzision,
tropft mürrische Fluoreszenz,
paralysiert dein Ohr.
Nichtig die Schönheit des Rauschs,
die Panoramen des Flugs.

Gier ist's, was hier irisiert,
und Fäulnis, der all dies frönt,
Skarabäen und Orchideen.
Dem Kraftakt des Überdrusses
beugt sich der Geist der Rakete,
speit flüchtiges Eis in Kaskaden:
Gewalt, zu binden, zu lösen
die Moleküle des Zorns.

ZWEIERLEI WISSENSCHAFT

Kenntnis verlor ihr Geleucht
unterm Elmsfeuer unsrer Verzweiflung.
Raben verblieben,
schräg ins Zwielicht gespannt.
Grenze folgt dunkel auf Grenze.
Und doch hat dein Aug,
über Nacht versöhnt mit der Monotonie,
lachend den Regen, den mütterlichen,
mir bis ins Mark skandiert.
Wer hat die Posten geblendet, den Wall überspielt?
Kenntnis qualmt neu aus den Kieseln.

EURYDIKES GEIST BESCHWÖREND

Brief an E. S.

Wind, rasch!
Wind aufs Papier,
den narbigen Hügelwind,
der unter den Achseln schwelt.

Er flammt.
Faucht Krähenfüße,
schwarzleuchtend, quer übers Blatt.
Die stelzen und zetern,
versacken raschelnd
unter der Fuchtel der Böen.

Er kauert.
Senkt von weither
Bleiwiesen über Wimper und Hand.
Das Tintenaug atmet,
verläuft. Wer löscht
den Mund mir, die Wange?

Er lacht.
Klagewind lacht,
und das pergamentene Herz
schrumpft, krümmt sich zum Tiegel.
Ikarus' Federbalg schmolz,
des Hirten Stecken und Stab
ist Flugasche. Nein.
Narren-Schlange.

SPÄTSOMMER

Unter den Pirouetten der Sonne
knirschte die Schaufel des Kohlenträgers.
Ihr Haß, jung und grün,
kerbte den Rinnstein.
Blindlings gebar sie das schöne,
das besitzabweisende Wort.
Dieses, flachatmend,
wortlos reisend zwischen vielen Wörtern,
wuchs mir zu.
Wuchs allen zu.
Wortlos auch,
seinen Stahl zwischen den Lippen,
werden die Redenden untergehn.

SCHWARZE WIDDER
(Raron, Wallis)

Für Marga

Leicht trennt uns
im Mittag die flimmernde Hürde:
dort Weite
und das Schmatzen eures geduldigen Zorns,
hier, ein Fuß im Geviert, wir zwei
und dies blecherne Fragen und Tasten.

Doch gegen Abend, wenn euch,
Herden ertrunkener Sterne im Blick,
von Samtglut die Stirne flammt
zwischen schartigen Schneckensonnen,
wiegt die Trennung uns schwer:
blinde, gerodete Liebe im Herbst,
Joch aus Rost und Rubin.

Abseitige wir,
bis die unwiderrufliche Nacht
mit dem schweifenden Wind, der sich reimt,
uns beide dem Staub eures Königtums
an Kindesstatt einverleibt.

MÜNDUNG

Trägt
überm stampfenden Unrat
zwischen halben ausgeatmeten Zeilen
der weiße Schaum?

Nicht wenn du fragst.
Nicht solange der Raffblick
um die Schlote der schlaffen Ufer sich hakt.
Nicht wenn er abdankt.
Auch nicht im Traum.

Doch als die Möwe jetzt über dir schrie, im Wind,
hat das Kind die Colaflasche ins Herz,
ins Gischtherz der roten Sonne geworfen.

Der Ozean,
das hat er verstanden,
der Mystiker,
und lange gewittert,
lange gewinkt.

V

WEGZOLL

Sukzessive schreitet der Mensch fort - mit jedem wahren Schritte leichter - mit jeder erlangten Geschwindigkeit wächst der Raum.
NOVALIS

Wir verschönen nichts: Grauen bleibt Grauen. Wir trösten nicht: soweit wir blicken, wird Unrecht triumphieren, Wahrheit unterliegen, Häßliches anwachsen. Aber immer dort, wo wir ein zerstampftes Herz in Schutz nehmen gegen ein blindes Hirn und die Helle des Gedankens gegen ein Herz aus Torf, bleibt, wetterleuchtend überm Asphalt, hinter uns eine schmale Oase zurück.

Nichts verschleiern: man soll die Widersprüche feiern, bis sie fallen. Was bleibt? Ihr junger Staub. Seine Schönheit und Unschuld. (Kein beliebiger Staub: Schleier neuer Widersprüche.)

Auch wo die Armut aus innen glänzt, ist ein Kläger. Nichts verunschuldigen! Recht muß nicht Recht *bleiben*.

Das Schöne vertretbar, heute? Rückständige Frage. Wir sind, solange Gewalt noch irgendwo herrscht, überall zu Schönem verpflichtet. Nur gesteigerte Sensibilität rechtfertigt unsre Gegengewalt vor der Zukunft. Denn was heute einer von uns gefühlt und geschrieben hat, wird morgen schon hier und da gelebt werden müssen.

BEFRAGTE LICHTUNGEN

1976-1984

Immer das alte Wort,
das von neuem dasein will,
ohne zu sprechen.
MAURICE BLANCHOT

Aus dem undurchdringlichen Hell-Dunkel der Poesie treten ein paar Linien von eindeutigem, kräftigem Umriß hervor:

brüderliche Existenz im Kreise der Schöpfung;

der Versuch, uns aufzurichten gegen den lastenden Himmel;

der Streit seit je zwischen Leidenschaften und Unschuld;

Abscheu vor der Norm an des Menschen Statt, ihren Machenschaften, ihrer öffentlichen Gewalt;

Trauer über die Not und das Gelächter der Vielen;

Freude auch an der schmerzhaften Wahrheit;

heftige Spiele im Dienste der Schönheit;

wachsender Durst nach Umwälzungen, Verwandlung ...

Diese Linien fürs Eigentliche zu nehmen - welch befruchtender Irrtum! Sie sind uns ein Halt. Und doch bloß die Schleppe der Poesie, die unverschleißliche. Nicht ihr aufblitzendes Décolleté.

Keiner, auch nicht der Schatten der Wolkenkinder, berührte jemals ihr Meeres-Auge, ihren Schweige-Mund.

WEISEN DIESES MEERES

1

Wind, scharf,
warf mich ins Gras:
Faß mich,
trag mich ins eigene Fleisch,
laß mich im Streit mit der See.
Seelengeflüster, -gedröhn
kindlich geschmiegter Geschwister.

Böen, zerrt mich nicht fort.
Fordert ihr Lösegeld, Schweigegeld?
Gellend der Möwen Hohn im Aufflug, im Sturz.
Sturmzerfahren Lippe und Ohr mir.

Vor mir der brodelnde Schoß
speit, Sonnengebärerin,
Herolde weit ins Land, Gischt
morgenfrischer Magie.

2

Unter der silbernen Peitsche der Schwanenflügel, reglos, bleib ich zurück, von Silben gezeichnet, in Trauer. Vorbei die Zeit, da uns wollige Nähe umgab, wärmte, liebkoste. Heute schürft keiner mehr nach der Lippe im Umkreis des Worts oder sucht noch den Speichel am Grunde eines Gedankens. Schuldig bleiben sie unsern Antennen den Wahrheitsbeweis, und fern zielt der Atem mit dem Ebbstrom hinab ins Unwiederbringliche.

3

Den die Menschen verließen, könnte es sein, daß ihn die Götter besuchen? Der Gefangene verneint. Und den Knaben am Meer, den blassen, müdegehetzten, sollst du nicht fragen. In Freiheit verstrickt, mit bleibenden Würgemalen, sinnt er allein auf die Detonation seiner Faust.
Frage dich selbst. Nur mußt du zuerst dich verlassen, mußt an den Sand dich vergessen, der dich, Körnchen um Körnchen, begehrt; bis da für Sekunden zuweilen die Kralle der Götter durchschimmert.
Oder kam's aus der Nebelwand? Wie ein Schnabelhieb lautlos. Lange schrinnt's nach.

4

Immer bleibt dieses Meer den Listenreichen, ihrem Jubel wie ihren Tränen, die Antwort schuldig, gönnt sie allein den Liebenden und den Kindern, die nicht danach fragen. Hier und da stammelt es noch die Sprache seiner Opfer, unsinkbare Wortfetzen, ins Licht gedehnte Schreie; aber schon wächst uns, mit dem klebrigen braunen Schaum, sein Schweigen zu, seine küstenverachtende Kälte.

5

Eines Tages könnte der Mensch hier vorbeikommen, der uns fehlt: der Mensch, der sich beugt. Nachdem er lange dem Meere gelauscht, wird er sich aufrichten und mit zögernder Zunge ihm nachsprechen - ein neuer Mann Mose: Ich bin der Herr dein Arzt.

6

Wenn am heiteren Morgen die Sonne ohne Hast ihre Last über den Horizont hebt, kehrt das Meer sich ihr zu und winkt mit den Nebeltüchern, jung und gesund wie am ersten Tag. Und wir sehen von ihm nur seinen breiten friedlichen Rücken, der jeden zu tragen verheißt, der sein Haus verließ in dieser undurchdringlichen Nacht.

7

Als Kinder sind wir bei ihm in die Lehre gegangen, Auszubildende an Herz und Hirn. Doch da wir gerade gelernt hatten zu murmeln, wie seine Wellen: »du liebliche Frühe«, »du trauliche Nacht«, hat man uns in die Hände der Zergliederer gegeben, Schule um Schule, Wahn um Wahn. Rascher als er selber gealtert, der unvordenkliche, siechen wir dahin an der Wunde, dividieren, aber nicht teilen zu können. Sehen wir ihn wieder, was öfters vorkommt, den Lehrherrn von ehedem, erkennen wir einander nicht mehr. Traurig und grußlos gehen wir an seinen Wundern vorüber.

8

Gegen Abend schafft es mitunter die Müdigkeit, daß der Sturm, den die Schläfe entkommen ließ, seinen Griff nach unserer Kehle lockert. So wird uns der Atem zur Dünung, die im Sand sich verläuft, und das Meer zum Spiegel. Blickst du hinein, sieh zu, daß das Herz nicht stockt vor solcher zerklüfteten, uferlosen Grimasse.

9

Wie mich erwehren, da Phalanx um Phalanx heranstürmt, todgeweiht, aber nicht sterbend? Die vordersten gehen in Deckung, tauchen unsichtbar zurück, drängen aufs neue an, wieder und wieder. Und jede Schlagwelle reißt an mir, nagt, dreht mich, verdriftet mich, ohne mich nur zu netzen, bis ich, meinen Nächsten erkennbar, ein anderer geworden bin, noch fremder unter den Festlandbewohnern ...
Sträub dich nicht länger. So hüllt dich mächtig das Meer in deinen vorgeburtlichen Traum, ermöglicht dich wieder, richtet dein Tagwerk vor.

10

Ausgeschöpft das Meer, silbern in der Ferne, hinter dem Strand, der sich streckt und dehnt ...
Ich liege bei diesem einsamen wurmstichigen Boot, betaste die Flanken. In den Winden aus Salz und Sand, vor dem Dröhnen der Vögel und den Ausschweifungen der Sonne wird mein Körper zur Wüste. Flintaugen, Porphyrherz, unter der Haut von Muscheln und Kies. Die zerbröselte Leber. Das mit Glimmer vermählte Geschlecht. Die Sinne, gefächert, in brodelnde Wolken, in lichte Basalte verschlungen. Grenzenloser, erdteilumspannender Clinch. Kein Traum.
Durst. Durst beim Erwachen.

11

In diesem Meere, selbdritt
Neben Seegras und Qualle, schweb ich,
Halb besonnt, halb getaucht,
Fetus in seiner Blase,
Treibholz vorm Wind,

Bis ein Atemholen,
Ein Schwimmstoß
Auf Kurs hält:

Dorthin, wo der Herzschlag uns
Den Gedanken prägt und die Hand rührt,
Das Auge nach innen beugt,
Weil die Welt sich da staut,
Ratlos.

12

Wie sich der Sonnenball im Meer, das Meer im Abend auflöst und mit der Stille verschmilzt. Alles hat sein Bett gefunden: der Haß der Welt, die versenkte Tonnage, die Geschwader voll Gift ...

Dreimal hüpfte das Steinchen, versank.
Ein Ertrunkner nahm's in den Mund.
Und übers Haar der versunknen Armaden
streicht zärtlich der Wind.

Wenn du dich, durchnäßt von den Wörtern, die der Tag uns entgegenpeitscht, in die wärmende Strophe flüchtest, paß auf, daß der Haß dir nicht nachsteigt, der sich unaufhaltsam gebiert

aus dem Schoß der Ertrunknen,
aus dem Rost der Armaden,
aus der Stille voll Gift.

Wie die Stete des Leuchtturms täuscht!
Kein Herd, kein Funke, der rein ist.
Wir wohnen im Lehnwort.

ZWECK DES ABENDS

Kaum hast du, nach getaner Arbeit, ein schmales Lächeln gehißt, kommen, eines in des anderen Spur, die Traurigkeiten, rempeln dich zutraulich, wie Lämmer.

Weite ist um dich. Vor soviel Weite wird der Schrei zur Absurdität.

Solange der Kleinmut im Recht ist, gilt es, die fahle Brise willkommen zu heißen, die aus der Dämmerung quillt und an der Wolle sich bricht. Mit ihrer Hilfe bist du dem Anprall gewachsen, wärmst dich und reifst an jedem schluchzenden Ton. Am Ende stehst du, deinen Einsamkeiten enthoben, bis an die Hüften in der Schmelze des Abends, einsgeworden mit seiner Vernunft, die jede Wandlung beglänzt, jedes unerbittlich gewendete Blatt.

Statt Wandlung sag Heimweg. Aufstieg, Runde um Runde, ins eigene Fleisch, Rückkunft zum stammelnden Krater.

LIEBE FERNHER

Dieser Rausch, der uns streift fernher, sich in unsern Atem zu flüchten, Rausch einer Liebe von einst, weitet die Lungen; Verlangen wird wach, unwirsch beäugt es Mauern und Horizonte, fordert Verwandlung, Verschmelzung mit dem Gewölk.

Wie nur sich lösen?

Manche meinen, ein Lied sei genug, ein Lachen, ein Traum.

Du atme tiefer: bis auf den bronzenen Schmerz im Ohr, bis auf den Riß zwischen den Jahreszeiten, bis auf die heißen Aschen in ihrer Mandel aus Angst.

Tiefer noch. Ruinen ringsum. Die kosende Hand der Tapetenfetzen. Aus der nackten Glühbirne rieselt Wein. Kaust du Beton, wird er süßlich wie Brot.

Atme noch tiefer. Da sind Tonfolgen unter dem Spiegel des Schweigens. Luftwurzeln, trunken von Gegenzeit. Der Zorn ist ein silberner Wasserfall, die Lust ein Sternbild am Mittagshimmel, ein Füllen.

Tiefer noch, verhüllt der Rauch der fernen Liebe den Raum, verzehrt die Zeiten und läßt nur Herzkammern übrig, die in emsiger Leere zucken zwischen Erinnerung und dem Lockruf der raschen Nacht.

TAGNACHTLIED

In memoriam Johannes Hübner

Wer sind wir? - Wir sind, was wir singen.
Taglied und Nachtlied. In einem Leib.
Ich sing ihn, während der Freund mir,
sperrig, im Augenwinkel verweilt:
ausgespannt zwischen den Pfosten der Sonne,
vorgeschichtlicher Jäger, magische Beute des Wilds,
jagend nach Wahrheit, von Wahrheit gejagt.

Deine Wahrheit, dein Raub:
bald die strittige Wahrheit, eifernden
Hirnen mit Kinderhänden entwunden,
bald die herbe Wahrheit der Karste und Küsten,
bald die fristlos fordernde Wahrheit unsres Gedichts.
Rauben und Hehlen: herrlicher,
unbekümmerter Kraftakt, einzuschmelzen
das Unschmelzbare, ganz Widerstehliche
im Richtfeld des Tags.

Dann aber die Nächte, ihr rasches Gefälle,
ihr schmiegendes Wogen. Unvergeßlicher
Sog, als der Mond stand hoch überm Wind, die Zypressen
sich bogen, bleich zwischen Avignon und Le Thor.
Zehrender Sog, und nahm noch kein Ende, auch als
Monsieur
Martin das Lager uns wies und am Ufer der Sorgue
»die Bäcker hatten aus sanftem Bett sich erhoben«.

Nächte wie glimmende Lunten, seitdem.
Ihre willige Kraft. Ihre zentrifugale Brisanz.
Von ihnen kamen uns Lieder und Möwengekreisch,
Schönheit der Weigerung, Jubel des Raubs.

Dennoch, am hitzigen Markttag, mit leeren Händen,
sind wir die Fremden im Lande, liegen,
selber ein Raub, auf der Schwelle, im Flackern des
Rauhreifs,
durchnäßt vom Grinsen der letzten Sterne,

vom Feuer des ersten Gewölks verhöhnt, das vorbeizog
ohne Gesicht, ohne Gruß.

Dämmerwesen. Wir sind, was wir singen.
Niemandem hörig. Doch tagessüchtig, unheilbar.
Ausgespiene Spione, fallen wir zornig
der alles gebärenden Mitternacht wieder anheim.

ADIEU FÜR EINEN FLIEGENDEN KREUZBERGER ÜBER KREUZBERG

Am Grab des Freundes Günter Bruno Fuchs

Für einen Augenblick verschlägt's den Vögeln das infame Balkongezeter, der eine hält dem andern den Schnabel. Für einen Funkenflug pfeift der Mansardenwind ein Liebesduett durch die feuchte Wand. Für einen Herzschlag erschrickt auf dem Dachstuhl ein melancholischer Kater und zeigt dir, was eine Harke ist. Nur keiner von uns stand dabei, stand dir bei.

Weil ein paar Wolkenkinder von einem Bein aufs andre hüpften und dich mit Schatten bewarfen, griffst du nach Mantel und Mütze, schlugst breitbeinig deinen Ballast ab und wolltest uns eben zum Abschied die Zunge herausstrecken, da hobst du schon ab. Unstillbar im Aufwind. Sanfter, als du gekommen.

Freund, nun segelst du bäuchlings über den Reusen unserer dürren Antennen, die weiter auf Fang stehn. Sparsam bewegst du den Arm: Eile war nicht dein Gebot. Wenn der Regen kommt, den du verheißen, bist du schon jenseits der Feuer, an denen wir fröstelnd unsre durchnächtigten Münzen zählen.

ACHERONTISCHE RAST

Nachruf für Michael Miller

Leg ich das Ohr an den Berg,
hör ich durch Sand und Salz
deinen Atem, den schweren Reim,
den zärtlich der Wurm umspielt.

Diese Ruhe brodelt, wird Gischt.
Der stiebt mit dem zögernden Zorn,
von Erinnerungsböen gepeitscht,
in unversöhnlichen Fetzen.

Was nur suchen wir hier
an den Laderampen der Trauer?
Der Raum für die Liebe ward eng:
ein Zünglein, blaß, überm Docht.

Sie wischen stündlich den Tau
von der Brandmauer unserer Herzen.
Ihren Mummenschanz littst du, ihr Gift,
alle zugelassenen Plagen.

Wer zählt die Schulen der Schuld?
Du wähltest die Wandlung, die Weiten.
Vorm Bug unsrer driftenden Barke
loten Mittagsträume die Nacht.

LYRIKLESUNG IM RATHAUS SCHÖNEBERG

Kein anarchistischer Gewalttäter, nur die Dezemberlangeweile hat den Hintertreppen des Inselrathauses die Luft herausgelassen. Und während du noch den Ausweg suchst aus der Ratlosigkeit der Bannmeilenstiefel, gibt, Marshelm gehorsam gescheitelt, Finger am Abzug der Skatkarte, eine Horde von Walky-Talkies den Poeten Feuerschutz. Ach die Scheiben, flüchtig mit Bildern und Teppichen verdämmt, klirren vor Hohn, und der Strafe folgt applaudierend die Unkenntnis auf dem Fuße.

WO DIE FRONT IM BEFREIUNGSKAMPF VERLÄUFT

Die Front verläuft nicht an den strittigen Grenzen unter wetterleuchtenden Parolen,
sondern im Herzen der Sicherheit, dieser amorphen Saline;

nicht zwischen einzelnen Völkern und Rassen,
sondern mitten durchs Brot, mitten durchs Spiel;

schon gar nicht an den vordersten Linien, wo die Posten stehen mit der weiten Voraus-Sicht,
sondern hinten, in der Etappe der blakenden Rück-Sichten;

oft weniger zwischen den Klassen
als quer über die Abraumhalten innerhalb deiner Klasse;

weniger zwischen den Menschen
als zwischen den zahlreichen Sprechchören im Innern des Menschen;

weniger zwischen offenen Unvereinbarkeiten
als zwischen den Schwaden und unartikulierter Brunst;

vor allem aber verläuft die Front mitten durch das Trichterfeld zwischen ertragenen und abgewiesenen Widersprüchen, durch all unsre teuer erkauften Arrangements, unsre lieben Gewohnheiten hin.

TRIP FÜR BASSKLARINETTE

Willem Breuker gewidmet

I

Wir schreien
wir schreiben.
Wir wünschen zu leben
Wir wünschen
wir würgen
Was darfs denn sein?
Etwas Durststillendes:
eine Beere
ein Kuß.
Etwas Ausgeruhtes:
ein Ast
eine Hand.
Aber die Abdrift:
unendliches
Dehnen
ein breites
Verwehn
dröhnendes
Einverleiben ...
Erst Geierblick
grau
aus Mansardenluken
dann Senkblei
durch Schlamm und Vergessen.
Wiedererinnern
beim Aufschlag
auf dem gewachsenen Fels.
Was bleibt, ist zur Nacht
ein hartes Geviert
Asyl
mit winzigen Resten
von gutem Willen
von Neugier
von Zärtlichkeit
Phantasie.

II

Freunde
im Anfang
war der Schlaf
und das Lachen der Weigerung.
Hier ist nichts
zu erzwingen.
Es sei denn
euer Leben werde Musik
werde Drive und Synkope
oder sternklare Nacht.
Es sei denn
ein Tropfen
bleierner Schönheit
falle euch mitten aufs Blatt
breite sich aus
übern Asphalt
bis in die Brust
übers Laken
bis ins Verstummen.
Es sei denn
ihr schreibt
was ihr am wenigsten wißt
was ihr zu atmen nicht wagt
was ihr streichelt im Traum.
Andre laßt singen
den Mangel
an Trost
den Hunger
nach Güte
die Träne
des Zorns.
Unser Lied sei der Schwarm
die gefräßige Woge
die gleißende Havarie.

III

Abfahrt!
Départ!
Vertrek!
Durch den Dreck
der Bahnhofsportale
durch den Spuk der Signale
der Weichenanlagen.
Hart schlingert der Drummer
es staut sich
der Sound
wird schneller
wird lichter
aufgeht die Knospe
die schwarze
die graue
die Mauerblume
die Vorstadt-
Aster
mit Socken gesprenkelt
mit Trikots und Windeln
über schmalem Balkon.

Und rascher vorüber
die schwarzen Fahnen
der Hausbesetzer
umrahmt vom November.
Nebelnovember
Schutzmacht der Diebe
der Spekulanten
der Steinewerfer-
Chaoten.

IV

Weite ringsum
                    und das rasende
Blech: Trompete, Posaune
das Prasseln der Trommeln ...
Was da treibt
ist es Schwebelust
                         Gleitsucht?
In Milznähe spürst du
den Lockruf
den Taumelschmerz.
Du gebierst eine Kröte
du nährst eine Hecke
umarmst einen Fels.

Bis aus Fernen ein Duft
sich einbrennt
in Herzen und Hirnen.
Bis ein Sog, der uns teilt
uns auflöst ins Tosen der Töne
uns dem Riedgras verschwistert
dem Schilf
und dem Jubel der Wolkenkinder.

Doch die Wende kommt
wenn die Weite uns füllt
wie wohl ein Meer unterm Mond
schäumt über die Ufer der Nacht ...
Vom Horizont her ein Rauch
schimmernder Reiher im Flug
Pfiff, der uns sammelt
                           uns ruft.
Fühle, wie das Schweigen
                              behend
in den lauten Chorus sich flüchtet
und jäh
sich der Weg für uns senkt
nach innen.

WORTSCHATZ

Aufrecht stand der Schäfer, barg in hohlen Händen den Schatz. Plötzlich, frei von Zittern und Zorn, goß er sein Wort in die Landschaft. Gegen Abend, als es die Täler füllte, suchte er ihm mit dem Stecken einen Abfluß zu scharren; zerstreut, wie es schien, fast entrückt. Und das Wort ohne Anfang und ohne Ziel, das teilnahmslose, gehorchte blindlings jedem flüchtigen Wink zwischen Krönung und Abschied der Dämmerung, trat lautlos über die Schwellen. Doch der Schäfer, seit langem schon heimisch an Erkern und Feuerstellen, hatte weder Sitz noch Stimme unter den Landeskindern. Ein Wege-, ein Würgemal war er im Rücken seines Volks und sonst nichts; ein Weg-Weiser, sonst nichts.

REUE

Aus dem Ring der Mittagsmüdigkeiten
(wo Denken versank
in strudelndem Gedenken)
schnellt mich der Zorn,
macht mich zur Meute,
die schnappt ohne Glück
nach flüchtigen Hoffnungsschwaden.

Ach, unerreichbar dem Spürsinn
ist der Wind, der die Briefe schreibt,
ist der Sand, der vermählt,
das Wasser, das stillt,
und der Rauch, der gegen die Zeit leckt
und dir auf salzigen Lippen
die Morgenküsse entfacht.

Was bleibt, ist im Glasfluß
ein hochfahrendes Herz
und der Tanz der Silben

um das gerinnende Bild
und der Schleichweg gen Mitternacht,
den das Eisen uns zeigt, vibrierend
in unserm späten Geäder.

HERBSTFEUER

Sieh mich flackern, wirf
mir zu ein paar Hände Gezweig,
ein paar Blicke Nachtwind und Lachen.

Fügsam schwellte das Herz,
keimte. Nun züngelt ein Sehnen,
leckt prasselnd das Aug dir, den Mund.

Wachsen wir? Fühl, wie die Glut
greift nach dem Tränenrand.
Schleuse des Atems, des Schauens.

Was beizt, ist uns Spiegel der Lust.
Was uns würgt im Rauchdampf, im Traum,
ist die herrische Trense der Götter.

Sieh mich flackern, wirf
an den Grenzen von Lieb und Gewalt
mich den Frierenden vor, den Erloschnen.

FALL

Fürstin und schön
Im Herbst
Unterm halben Mond
Ist die Krone dahin
Sind die Güter verteilt
Untertänigst
Schleicht dir der Wind um die Blöße
Pfeift deinen Garden
Blöd und bigott
Leckt dich der Tau
Liebesnackt
Zittert die
Wurzel.

ZWISCHEN STROMLAND UND GEBIRGE

Die wir im Ocker wohnen, mit den Füßen im Hunger-Lehm,
wo ihr Gesetz nicht gilt, ihre Versicherungen nicht zahlen,
entwanden uns der verfluchten Umschlingung, von Wurzel zu
Wurzel.
Weit zurück, hinterm rostigen Gipfel der Freiheit,
wölbt sich der Wald, der feierliche, groteske.
Seinem Zauber erlagen Rabe und Reh.

Uns halfen beim Bau der Hütten die raschen Flüsse
und mit ihrem Gesang die wandernden Inseln des Zorns.
Höre, wie an den Ufern die alten Gelächter weiden,
sieh nur, wie der Wind den Arm
behutsam um deine Schulter gelegt hat.

AM FIRNSAUM DER TUNDRA

Wenn der Sommer winkt mit seinen bunten Tüchern, vergiß die Pflicht, deinen Regungen zu mißtrauen! Leg ab das Hohnlächeln, das auf den Wangen gefror. Unsre Kinder erinnern das Lachen, das wir verbannten. Im Buch der Sonne las ich von Desertion, von stammelnden Weiten, von einem großen solidarischen Durst. Wer wollte den Herden das Innehalten verbieten? Erst wenn du den Schritt, den Fortschritt, verweigerst, bricht zärtliches Gras aus den Tundren.

WARUM NICHT ITHAKA?

Auf den Hängen, so weit du siehst, die schlaffen Zelte, aus denen im Dämmer die Rastlosen treten, in der Hand noch den Stern, von dem sie geträumt. Im nahen Fluß wäscht die Morgenröte ihre zottigen Kinder, und die Nacht zieht ihre gewitternden Boten unmerklich hinter die letzte Kulisse zurück.

Sobald wir's verlangen, sind unsre Heroen wiedergekehrt, mürrisch, vollzählig.

NORMANNISCHE BUCHT

Hier ist Neuland, langsam tritt aus dem lauernden Blei der Reigen der Farben, mit jedem Schritt gewinnt der Himmel an Kraft, steigt ein Wölkchen Hoffnung uns in die Augen, atmen wir freier.
Ohne Sorge dem Gefährten sich anvertrauen, am heiteren Tage und in der Frische der Nacht.
Morgen, das könnte wohl sein, gründen die Druden hier ihre Stadt.

OBEN UND UNTEN IM PYRAMIDENLAND

Faß hier nichts an, laß stürzen, rette nicht einen Stein! Unser Herz weiß nichts vom Gewissensbiß, hat nur ein Lachen für euren nostalgischen Rausch. Mittag: Stunde des Einbehalts, der nackten Wünsche, der schmerzhaften Knie.
Im Tal läßt die Liebe ihr zartes Gespinst flattern von Kiesel zu Kiesel, von Mund zu Mund. Vergeblich. Auch durch ihr Auge, großes Portal, das sich knarrend dreht im eisigen Wind, tritt kein Freier mehr ein zu hochzeitlichem Gelage.

FOSSILE KÜSTE

Stadt der Träumer, Stadt der Trommler,
der Trümmer und Trinker,
dein Name ist Trug.
Schrumpfend und wachsend mit den Gezeiten,
Untergrund-, Muttermund-Stadt.
Deine Luft, von Pollen schwer,
ist hart im Lichte der Frühe,
nur leicht für das Kind, das den Atem der Amsel hat.
Du, die uns gleicht,
wir trauen wenig dem lächelnden Blumenschmuck.
Wir haben zu tun.
Noch heut leckt der Nebel die Trauer von deinem Glacis,
und wenn die Sehkraft erlahmt,
zeigt uns ein Wolf den Weg aus der Mauergruft.

KAUM EIN LICHT

Scheeler Werkmeister, der die schweren Portieren zwischen unsere flimmernden Herzen schob. Nun flattern sie, ängstliche Vögel, in dem vertrackten Gestänge unter dem Schnürboden hin, mit jedem Pulsschlag bläulichen Staub aufwirbelnd, der sich wie Schimmel auf Betten und Speisen legt.

Abends fangen wir sie wieder ein. Anmut vergangener Reiche quillt aus den Tinten, treu konserviert im Augenblick ihres Vergehns. Und bevor wir bald selber als bleiche Chiffre durch das Kulissenmeer schwimmen, richtet euch auf, Akteure, zu finsterer Größe: das Spiel hat begonnen!

LANDSCHAFT MIT DEM CHEOPSBERG

Bunte Flocken, die den Abend befrieden, deren lockerem Fall ich mich anvertraue, mich neige und schmiege... Unstete, nehmt uns an Kindesstatt an, lehrt uns die sanfte Magie eurer Metamorphosen ...
Einst düsteres Klagelied einer Wolke, das der Wind erhört, der über die Bergkuppe sprang, erhört und lachend zu Tal schickt.
Wir schweben. Von fern klirrt der Glasharfenwald übers Brachfeld, wo sich auf Pharaos Wink die Birke mit Zirrus schmückt.
Wie wir uns nahen, ziehen die Liebenden sich ins Buschwerk hinter den Deichen zurück. Reihervögel blicken ihnen nach durch Wimpern voll Tränen, doch das Dünengras jubelt, lässig vom Meerwind gepeitscht.
Zur Ruhe werden wir kommen, wenn das Sternlicht uns leckt, wenn die Buhne sich schnalzend uns in den Weg stellt und der Gischt mit uns schäkert zur Nacht als mit seinesgleichen.

RÄTSELHAFTES MODELL

Wie sich befreien?

Unser Aufenthaltsort
innerhalb des Modells
Versuchs
Kalküls
ist nicht bekannt.

Die Methode
die Anordnung
der Beweisgang
versinken im traditionellen
Rauschen.

Die Art der Verpackung
Verzahnung
Verschnürung
ist unerforscht.

Treiben wir?

Die Antriebssysteme
sind nicht aufeinander
bezogen.

Neue Koordinaten
brechen sich unter uns
Bahn.

Fremde Einschüsse
Einschlüsse sind wir
in ungerichteten
Strömen

Sind wir
wir?

DIESE NACHT AUS DEINEM FLEISCH

1985-1999

I

MALLORKINISCHE SKIZZEN

1
Vorgebirge
Sant Telm

Für Maria

Wir tranken die Bläue der Luft und das Grün des Meeres, an diesem Tag im frühen April, der so leicht war wie der Atem der Waldzistrosen. Auf den Hügeln wartete schon der Wind, uns mit frischer Kindheit zu beschenken. Er spielte mit uns Versteck, sprang uns jubelnd an, einmal ums andre, hinter jeder Felsenkante. Die Bäume dehnten sich knirschend, und den Gräsern wars immer recht, strich die Brise ihnen den Scheitel. Wir klommen über den verkarsteten Boden, lachten, wenn auf dem Steilhang die schwieligen Büsche nach unsern Fesseln griffen. Dann und wann streckten wir uns aufs Geröll, um das Wunder dieser Liebkosung zu feiern, diesen herben Austausch von Würze und Glut. Später überwucherte uns der Ginster des Traums, und in der Neige des Tags wurden wir struppigen Katzen ähnlich, die sich eng an die warmen Felsen schmiegen.
Das Kap im Blick, ging der Abstieg vonstatten, ein Umzug von Kindern, die, steif und festlich, mit ihren Laternen einen Käfer zu Grabe tragen.

2
Bucht von Alkudia
Betlem

Für Hille

Solange der Sturm sie prüft, sind wir ein Leib mit der mürrischen Küste. Wie die Brecher das Steinherz durchfurchen, in seinen Schlüften und Mulden die Schichten freilegen und die Gründe auswaschen! Gischt - Greisensilber - kreischt aus frühkindlichem Nebel. Ach, nichts bringt das Meer, es nimmt,

leckt und verschlingt. Tosendes Grab unserer Stunden und Jahre, Aufruhr ohne Verheißung.
Doch die Sonne läßt Wehmut nicht zu. In flirrendes Weißgold gefaßt, stampfen wir landeinwärts durch Gräser und Dornen, den Schroffen zugewandt, die, rostig und wenig begrünt, uns in ein zehrendes Morgen locken.

3
Pittosporum
Cel obert

Für Elisabeth

Die Stunde war leicht,
schwebte im Wind.
Da keimte der Wunsch,
das Herz zu berinden,
den Leib zu verzweigen im Licht.

Hörst du mich, trinkst du mich, Strauch?
Flach geht die Wurzel ins dürre Land,
klammert sich an den Fels.
Sohn der Magd und des Fincapatrons,
schlürfend mein Wort, bist du Fürst
im Garten der Melancholie.

Spreiz ich die Finger, erwächst
mir siebenblättrig die Hand.
Eine Sturmböe sprengt mir die Haut,
die Glieder sprossen begrünt,
ich neige mich, wieg mich im Staub.

Verzaubernd mit tausend Sternen,
mit tausend Küssen den Sommer
in knietief stiebenden Schnee,
vergeud ich herrlich den Glanz,
verzehrt mich lautlos die Glut.

EINIGE EINWÄNDE UNSERER AMME

Für René Char

Weh wird mir, blick ich dir ins Gesicht, das von Ewigkeit trieft; doch auch leichter und leerer. Hilf mich befreien!

Die Gangart für deinen Fluchtweg, borg sie vom Gleichmaß meiner Brandung. Ohne Ende der Strand. Der Tag ohne Ziel. Bald gesellen sich zu deinen mürrischen Schritten, schaumgeboren, die Findlinge deines Verlangens: Verse, Bilder entbieten dir ihre uneigennützigen Dienste.

Nicht nach Schatten verlangt mich. Ich suche, was sich mir entzieht: Körper mit ihrer Wärme, ihrer Gegenwehr, ihrem Duft.

Was wärmt, sind Fesseln, du weißt es. Nur die Kälte befreit.

Was fesselt, wird die Liebe zerreißen. Und weit wird der Horizont.

Redet das Meer dich an, gelten die härteren Regeln der Frühe. Ungetrennt noch sind Liebe und Tod, und aus der Kehle der Dichter strömt nur der Schwäne herzzerreißende Klage.

Wenn du die Liebe nicht kennst, so nimm mir nicht auch noch den Freund, der so viele deiner Lieder wußte: von den TRIBUNALEN DES MITTAGS durch die FENSTERLÄDEN DER MITTERNACHT bis zur RÖTE DER MORGENWANDERER.

Was rufst du nach dem, dessen gebieterische Akkorde längst dir ein Brand sind hinter der Stirn, eine Schmiede in deinem Geäder? Auch davon will ich dich befreien.

Die nichts gibt und nur nimmt, - hohl willst du mich wie die Muscheln, die du seit Äonen in den Sand hast gespieen. Was du frei nennst, ist ohne Atem, ist tot.

So atme als Knecht! Erst jenseits von Liebe und Licht, von wärmenden Liedern und unzerstörbarer Freundschaft dehnt sich der Äther sternklarer Poesie. Dem Eiswind zu gleichen, dem Schöpfergeist, dieser Krone warst du nicht wert.

EIN MYTHOS IN SEINER GEBURT

Meditation über Jacques Dupins »Histoire de la lumière«

Zeus! In der Hektik der Umarmung entwindet sich mir der Gott, der eben noch, auf mein Drängen hin, sich zu knebeln bemüht war. Die Stunde seiner Leugnung schien gekommen. Nun aber löst er sich auf, ein sanftes Gas im Äther, ein Seufzer zwischen den stammelnden Sternen.

Ihn hört die Sphinx, die Gegenspielerin, mit unmenschlich feinem Ohr. Weit langt die Pranke ins Nichts, ihn aufzulesen, ihn an sich zu binden, ihn für diesen Äon sich einzuverleiben, während ich mich an ihren Sockel schmiege, ihn mit Tränen beschrifte.

Ein ums andere Mal wärmt mich die Eisige mit ihren Blitzen, weitet das Herz mir bis an den Horizont dieser Nacht, wo nun wieder die Flammen singen, im Einklang mit dem Scherzo der Meteoriten.

Doch sie gönnt mir nicht Herd noch Heimat, entzieht mir den Sockel, der gegen sie aufbegehrt, spaltet ihn. Sie, die mich ausatmet tief unters Meer, einatmet bis an die mörderische Entscheidung: Stein oder Blatt?

Beides ist Last. Wahl zwischen Schwer und Leicht: Affengleichung, die dem Riß zwischen Blendung und Schwärze den Stachel nimmt, auf Wüsten verweist, echolos.

Bis Feuer den Bann bricht, den Aufruhr aus unsern Lenden befreit, uns hinreißt, den entschwundenen Gott zu erpressen. Der aber läßt nicht sein Lichtkind in unsre Hände gelangen; nur Totes, Schatten.

Skrupellos herrscht er, der Logos. Blutrünstig seine Schrift. Sie hetzt Schwarz gegen Weiß, hält grausam jeden Lichtkeim unter Kontrolle.

Aber ein Gegner formiert sich. Auf den Plan tritt die Zahl, die Menge mit ihren Farben, ihren Klängen. Sie feiern, den Bruch gewagt zu haben, versichern sich ihres Fleisches und der Heilkraft ihres offenen Lachens.

Grausam auch sie, wenn das Saitenspiel ihres Geäders das Buch der tödlichen Spiele dem Herrscher entlockt und Blatt für Blatt den Stürmen preisgibt und der Wollust der Tiere.

Frische, in der sich Himmel und Erde verbinden, alterslos, wenn zwei Körper aufflammen im Schnittpunkt von Sternenbahnen und Innenraum.

Rundreise, die mir zusteht, monströse Reise, die uns zuweilen die Herkunft vergessen läßt, die Mauern, die Zwänge, den Tod; da nun nichts mehr unmöglich ist und selbst der Mißbrauch noch heiligt, wenn die Schatten der alten Götter nach unsrer Flöte tanzen und sich an List überbieten bei der Auslegung unsrer Orakel.

Ein Kind der Liebe das Lichtkind. In der Mittsommernacht kühlt es sein Mütchen an uns, an unserm Feuer. Ach, wo die Liebe fehlt, wird es nicht hell, wächst keine Klarheit, knüpft sich kein Band zwischen den fernen Nebeln und diesem durstigen Blütenkelch. Tausendfacher unhörbarer Schrei. Die Sonne wendet.

Zuwendung. Endlich näher. Jetzt uns sehr nah. Lippennah - das ist zu nah: schon wieder die Mauern, die Zwänge, der Tod. Liebe, die alles betreibt, alles durchkreuzt; Licht, das uns auslöscht. Wie unser Atem sich sehnt nach dem sanften Klang, der Göttern und Menschen die Münder entknebelt, die blutige Lippe erübrigt, den Logos ersetzt.

Erst Klänge, dann Farbakkorde. Sie füllen den Mund nun, entgiften die Zähne, die Zunge, die sich zurückzieht bis in die Kehle, bis in das Herz, geschmiegt an das Sonnengeflecht. Hier wartet sie auf den Gesang, auf Worte aus Duft und Tanz, auf den Wildtrieb der Sprache, unschuldig und wissend seit je, nach dem Maße des Lichts.

SCHREIBEN

Funkenflug nachts
aus dem Stellwerk der Wünsche.
Das gerinnt in den Mittag,
krakeelt,
hustet schweflige Blasen.
Der Atem darüberhin
zielt und
zielt.

Schamlos schnalzt das Vorhandene,
bleckt,
schlingt sein Gelächter
mir um die Knie.
Einen Steinwurf entfernt
Starr
beginn ich als Zeuge zu
stammeln.

GRAVITATION

Für Ingrid S.

Zu verlieren den Weg,
unsern Mittagsdamm:
lang haben wir uns gesucht, -
strauchelnd zu gemeinsamem Atem
in die dunkelmoosige Rast.

Und doch, wir ließen, fast ohne Beschwer,
das Herz bei den Zelten zurück.

Wenn wir uns weiter ins Brachland ahnen,
uns näher und näher umspielen,
bis jeder zum andern gelangt,
wohin willst du mich verschweigen?
Heute schon werd ich dein Lied gewesen sein.

HINTERM SYLTER DEICH

Clausus erat pelago...

Künftiges brandet heran,
bleich, aus der Fülle starrer
unvordenklicher Nächte,
rings durchs Umhegte hin
leerzuschaufeln den Tag.
Leise vibriert's um Schwelle und Herd.
Ängste aus gutem Haus, reetgedeckt,
ducken sich schwärzlich ins Kraut.
Noch fiebert hier, noch widersteht
heute
            der Augenblick.
                                        Knapp
aber wird in den Stürmen der Speichel
und die Luft fürs gelernte Gelächter.
Morgen, Ovid, nimmt das Meer
dieses Eiland unter Verschluß.

FAUNISCH

1

Komm. Komm. Kämm
mein Frohlocken. Kämm
mein behaartes Herz.
Strähl's bis tief in die Nieren.
Unsre gemeinsam sich räkelnden
Nieren dort hinter dem Wald.

Der duckt sich. Da Monde dir schweben
überm Leib dem Nabel den Brüsten.
Weißer Lärm der sich bricht
an meiner fahrenden Hand.
Deren Finger zur Muschel verschmelzen.
Die lauscht hinaus in den Glanz.

2

Friedfertig bin ich.
Trotz der blutigen Wolkenfetzen unter dem Nagel.
Sanft.
Klebt auch verschweißt mit dem Laub
dein Schrei mir noch am Geschlecht.
Nur nenn mich nicht fromm.
Nicht eine Runzel vergeudet die Stirn
an die Launen der Macht.

Je rascher du fliehst
desto zeitloser pfählt dich mein Stolz.
Sei mir niemals zu Willen!
Nimmst du menschliche Züge an
Grazile ich fall mit den Geiern
dir ins Gedärm.

3

Schnatternde (frisch
aus der Blase des Traums)
die bei der Wurzel mich packt.

Im Steigflug entzieht sich der Raum.
Wir trinken sein Fallgesetz.
Zählst du im Suchbild die Götter?
Du bist ihresgleichen. Erbrich
was sie an Ordnung verhängen!

Du gurgelst mir nur Kaskaden
unter dem Würgegriff - drehst
mir spitz deine Zitzen entgegen.
Ich brenne von Wissen erlöst.

Unsre samtene Landung im Schilf.
Im Mittag den dein und mein Schmerzruf
unwiederbringlich zerwühlen.
Was bleibt ist hermetisch verzahnt.

SELBSTBILDNIS

JE est un autre

Du, Aug in Aug
mit der Sehnsucht, dich zu befreien,
mit dem mürrischen Schimmel der Jahre,
unserm vorgeburtlichen Rost.
Und dein Blinzeln mitunter,
wenn der Treibsand das Schädeldach fegt.
Und Hand in Hand ständig
Trägheit und Ungeduld.

Doch dann les ich dir aus dem Geierblick
schwelende Anhänglichkeit.
Auch wohnt hinterm Schott deiner Wangen
zur Miete ein zärtlicher Biß.
Und dies lautlose Wandern der Lippen,
bis ihre doppelte Kielspur
sich seitlich ins Vage verwirbelt.
Ja, Mund an Mund, oder nichts.

Nichts, nur der Abschied ist sicher.
Nach jedem gleichst du mir mehr.
Doch »dreimal muß weinen,« du weißt -
»wer einmal zu gehen vergaß ...«
Tritt aus dem Bild, denn wir sind der Weg:
ich mit den bebenden Nüstern,
du mit dem brennenden Fuß
unter den eisigen Sternen.

II

STUMME MUSE SUBMARIN

Für Evelyn

Diese Nacht aus deinem Fleisch, in der ich schwimme,
dich durchquerend unterhalb des Herzens,
heißt mich wachsen, bis ich ganz verschmelz mit deiner
Wunde.

An den Rändern blüht ein bitteres Behagen,
und mein Hunger räkelt sich im Plätschern
deiner hilfreich an den Kontinent gespülten Strophen.

Urschleim sind wir, schwappend zwischen Horizonten.
Aus den Tiefen torkeln Marteraugen,
quellen, saugen sich seraphisch fest an deinen Brüsten.

Bis die Morgendünung mich des Rangs entkleidet,
mich entnabelt deinen noblen Schößen,
um als Schatten mich dem dürren Mittag auszuleihen.

AHNUNG

Dieses Wetterleuchten, das kein Ende nimmt und den ganzen nächtlichen Himmel umarmt, vielleicht ist es der Hunger nach der Kühle einer sehr fremden Hand, die mich heimsuchen wird, unnachsichtig: festliche Schauer, furchend Schenkel und Leib.

GEGENENTWURF

Wie dich bei diesem Sturm jeder Wipfel im Wald widerlegt,
suchst du, zerrissen zwischen Gewissensbissen und Wissen,
deinen Vers auf dem Grunde versunkener Liebesbasalte.

Schrill greift der Morgen an. Sanft wirf dich entgegen!

MAGNETFELD

Mich einzuordnen
unter dem grausamen Bogen der Sonne
zwischen Morgengezeter
und Abendtaumel,
schlug ich über den Pfosten des Bettes
links den Steckbrief der Utopie,
rechts das Memento mir an die Wand.
Senkrecht dazu
durchsieben
mich,
zieh ich stromauf
oder lieg ich begraben tief unter Schlaf,
Myriaden unschuldiger Neutrinos.
Ich dehne mich ihren Blitzen entgegen,
unserm vorgeburtlichen Chaos.
Bis ein Ionenschauer die Sehnsucht
umsetzt in Rotation,
mich sanft
in seine Kraftlinien reißt.
Die ritzt der Eulenflug
in die schimmernde Rinde der Nacht.

KONJUNKTIONEN DER VENUS

Eine Hand (sieht er), auf dem Tischtuch geballt, fünf Knöchel, scharf hervortretend aus rechtwinkligen Gelenken, schneeweiß die mittleren, von einem Netzwerk bläulicher Adern umspielt, Erzadern, Netz einer Erzfehde, die gesetzt ist, seit Im Anfang das Wort war, der Wortbruch, der vorausbestimmte, in Unschuld geplant, ohne Heimtücke vollstreckt, das Bruchwort: ein Ja zur Hoffnung, das ein Nein ist zu allem Bestand, Beschwörung des Wunschbilds, der Wandlung und ein Fluch auf alles, was gegen uns andringt und ansteht, auf jenes Massiv, das unverrückbare, dessen Macht noch schwillt, wenn wir sie aufzuhalten oder abzulenken versuchen, die am Ende Unterwerfung und Selbstauflösung von uns heischt und erhält: Fall über uns, gnädiger Berg! -; sieht den Armreif über dem Handgelenk, den Silberstreif, offen und starr: billiger Lohn für soviel hinhaltenden Widerstand; schwacher, trostbedürftiger Schimmer des Trostes -; sieht das Kettchen mit den Onyxkugeln, das sich blind an den Reif schmiegt, ihn umtänzelt, umstellt.

Da regt sich die Hand; wirft Liebe über ihn wie ein Tuch, das ihn warm umhüllt. Es nimmt ihm den Atem, taucht alles in einen vagen, rosigen Schimmer. Hermetisch eingeigelt, unter Ausschluß der Öffentlichkeit, sucht er die Enge zu meistern, giert wohl, sie zu genießen, was für kurze Zeit auch gelingt. Und während er dies mit leisem Behagen vermerkt, geschieht's, daß er - der Eingeschlossene, Erlegte - an zahlreichen Stellen sanft und unmerklich durch die Maschen schlüpft und so in ein Jenseits gelangt, das ihm suggeriert, es wolle unverzüglich durchstreift und erforscht werden, in jeder Richtung. Dieses Jenseits ist auch nur ein Getto; gewiß, er wäre sein eigner Gefangener, und doch, gegenüber dem Eingeschlossensein schiene schon die Illusion eines Geländegewinns von Vorteil.

Diese Weite um ihn! Wie er den Arm seitwärts dehnt - ins Unermeßliche, wie ihm scheint, - gleiten die Finger über die straffe Haut wohlgerundeter Kuppen, stoßen gegen stolzgeschwellte Mamillen, saugen sich fest über den dunkel pigmentierten Warzenhöfen des fernen Höhenzugs. Unvermittelt wird er gewahr, daß er längst in ihrer Armbeuge wohnt, daß er den Duft und die Ruhe der buschigen Achsel atmet, und er weiß, daß er selber nun eins geworden ist mit der Wiese, die an das übersonnte Weizenfeld ihres Rückens grenzt. Und da ist diese unmeßbare Pause im Rieseln der Zeit, bis unter Kosen der Wind kommt, der immer frivole, und die trägen Träumer zum Liebesspiel reizt: wie sollte da nicht, wenn sich zärtliche Striemen, beglückende Schrunden tief in sie graben, ein leises Knirschen und Winseln durch die dämmernde Landschaft gehen?

Und er küßt den Nebel - dort, wo er jetzt kniet, den Nebel, der das Tal schon zur Hälfte füllt, und allmählich wird auch die Ackerfurche ein Fraß der Nacht.

Schnecke, die den Windungen ihrer Spirale folgt, bis der Wahnsinn sie befreit von der Zuversicht, Ziel und Mitte zu finden; Schnecke im Irrgang, in der Nacht ihres Hauses wie unter triefenden Sternen; bohrend das eigene Verlangen in sich hinein, den eigenen Leib aus sich heraus, einem Wesen zuliebe, das (unter grimmigen Küssen) keine Liebe erwidert, das liebend stirbt an der Liebe; Schnecke, Frucht unseres Drängens und unserer Wißbegier, die letztlich den Flammentod sucht an der Seite der Anemone.

SCHNABELZETTEL

Für Nina

Herrlich im Gleitflug,
Schwebende du,
mit der sanften Landung
auf meiner Schulter!
Was weiß ich, wohin
du dich aufschwingst
im hastigen Mittag,
wohin es dich fortreißt
im scheidenden Licht?
Doch ich weiß, was zu wissen genügt:
Ob auch nach Einstein die Uhren
anders gehn hoch im Azur, -
pünktlich, wenn unser Herz winkt,
finden sich flüchtige Bahnen
für eine erfüllte Sekunde.

SOMMER

Im Würgegriff dieser schroffen Tage entglitt das Vertraute. Hastig spaltet mein Atem deinen Leib, ein Lachen trennt in der Ferne das Meer und den Wald, stößt tastend ins Leere. Kein Halt für die Liebe, keine Nische für einen Gedanken. Ein monotoner Sog weidet die Herzgrube aus, reißt den Ginster ins Mittagsgewölk, verschleißt die Düne. Und ich strudele in einen Hunger hinein, der nach Verwandlung giert, nach Einklang mit der tanzenden Gischt.

Ich bitte dich, sag nichts. Such nicht länger. Von mir blieb keine Spur.

*

Die Leere schürt das Verlangen und weist ihm den Weg ins Absurde. Ringsum die lähmende Fülle der Wahrheitspartikel. Der Versuch, aus der Müdigkeit Honig zu saugen, wurde vereitelt: ein Möwenkadaver war das Maß aller Dinge.

*

Wir üben vergeblich, zeitlebens. Der Abschied ist nicht gelernt. Durchs Spinnennetz grüßt beständig das Nichts, verhöhnt jeden Jubel, trocknet die Wimper, tätowiert uns die Wange. Eins sind wir jetzt mit dem unendlichen Sand, einander dienstbar und flugbereit. Legst du den Arm um mich, gleich seh ich Flügel wachsen aus deinen Flanken.

VORSATZ

Spalte den Wald,
Blick,
und durchstich,
Wort,
Wolke und Berg!

Schön ist dein Zorn,
Blitz,
durchkreuzt du unser Gelächter.
Blind
verschmorst du das blanke Ziel.

Nacht ins Gedicht!
Jubel
aus Feuer und Nacht.

GEMURMEL ÜBER DER STRÖMUNG
Kochertal

Vertrau dich dem Blick des Sperbers an: du erkennst nichts mehr wieder. Nicht das Haus, nicht den Fluß davor, den Ichmigen, noch das grüne Gestrüpp seiner Ufer; weder die Frau, die du liebst, noch die eigene Hand, die dir raschelnd den Stift führt. Da ist nichts in den Mittagsgluten, kein Blatt und kein Fels, dessen Poren die Nacht nicht durchfeuchtet hätte, die Nacht ohne Rückkunft, ohne Widerhall, die uns enger anliegt als das schweißnasse Hemd. Zielscharfe Objektive, ihr kommt zu spät, längst hat die Schwerkraft hier jede Silbe belichtet!

Mit den Augen des Sperbers liest du die Antwort am Grunde des Flusses auf all unsere unangemessenen Fragen.

DIE WÖRTER

Die Wörter, die Worte,
nur immer aus zweiter,
aus aller Hand:
Müll,
weit über Brachen gebreitet,
verrieselnd;
und Totes,
zu Bergen gehäuft, den Vögeln,
den Winden verfügbar.

Trotzdem:
die zerlumpten, die toten,
wir rufen sie schweigend,
rufen zur Schmelze sie auf,
zur Paarung.
Die reinigt und heilt.

Die Wörter: Gespenster.
Zwing sie ins Joch, ins Bild,
straff,
bis präziser Doppelsinn
fernhin opalisiert.

DER SEE

Der See, verschlossen. Wie er deinen Blick ablenkt ans ferne Ufer, ins Weite, sich jedem Austausch entzieht, dir jede Versenkung verwehrt!
Der Duft lockt. Du zögerst, schließt dich dem Wind an, setzt auf sein zärtliches Spiel, beginnst unmerklich zu gleiten.
Der See ist verdutzt. Am Ende umarmt er dich teilnahmslos; überprüft deine Identität.
Du hast Glück: bist nicht mehr derselbe. Verschlossen das Ufer. Der See steht dir offen.

YACHTHAFEN IM HERBST

Schlaffe Persenning, grau
um Palisander und Chrom.
Edelhülsen, vordem auf Kurs
in aeternam prosperitatem,
schmiegen den kraftlosen Leib
an schmatzende Fender,
wo sie relaxen,
glucksend vom Zeitgeist gewiegt.

Totengeläut, monoton,
bis der Wind es zuweilen
aufpeitscht zu schrillem Protest;
bis der Wind die Rümpfe zuletzt
bunt mit Grabhügeln deckt
aus unversöhnlichem Laub.

EROS SUBMERSUS

Hatten wir schon als Kinder uns darauf verstanden, unter dem Wasserspiegel zu singen, zu schweifen, zu träumen, wer wollte uns hindern, die Liebe zu bergen am Grunde entlegener Grotten?
Die Dahintreibenden hatten ihrem Willen entsagt, gehorchten einer den Sonnenaugen unkenntlichen Regie. In der Armbeuge fand die heiße Wange, die kalte Hand auf den Kuppeln der Brust ihr Asyl. Jede Flutwelle, die über die Haut schrammte, ließ uns tiefer strudeln. Und während unsere Zunge dem Geheimnis der Säfte nachsann, grub sich mein Herzmuskel in den Flausch deiner Achsel.
Überströmende Stille. Zuweilen nur drang uns das feine Gespött der Plötzen und Reiher ans Ohr.
Wieder am Licht, hatte ich zähe Mühe, die gültigen Mißweisungen wie ehedem zu befolgen.

DREI FRAGEN AN DIE POESIE

Warum halbierst du die Liebe, Mäzenin der Nacht? Warum trinkst du, sobald dein Flügel die Ränder des Tages beschattet, bis zur Neige die Herzkraft? Die mir aus den Achseln Luftwurzeln treibt, zum Geläut der Felsen und Wolken den Takt souffliert, was saugst du den herbstlichen Traum aus der Stirn? Ins Frühlicht schon mischte sich Trauer. Eng und enger wurde die Brust, als du grußlos davonstobst, einem Gedanken nachschwärmend, der dich noch leugnen will, wo du ihn faßt. Zurückbleibt im regenleeren Gemüt ein dürres, erschöpftes Kalkül.

Entbehrung kräftigt. So wächst
du aus dem Schatten mir zu.
Verließ ich dich nicht zur Nacht,
verlörst du dich an den Rausch,
säßest, an ferne Weisung geschnürt,
als Fremder in deinem Land.
Traum und Gedanke entzweiten die Welt,
Schönheit hat die Hälften wieder versöhnt.
Geteilt ist die Liebe geheilt,
falls dir die Schönheit gehorcht,
spröde, wie du sie erzogst.

Schönheit nach meinem Entwurf: vom Widerpart lebt sie, begehrlich; Senkblei, das ständig den Mittelpunkt weist. Daran sich die Kette der Wörter schmiege, der austauschbaren, gezielten. Erst wenn die Paßform sich fügt, Gewicht und Farbe bezeugen, was ich ersehne, gehorcht mir das zarte Gespinst - Bild für Bild. Gemeinsam treten wir ein, von Schönheit zu Wahrheit, tiefer in den unglaublichen Zirkel der Alchimie.
Gibst du aber noch diesem Traumspiel die Chance, sich mit der Schärfe des Denkens zu messen? Gebundenes aufzulösen und neu das Gelöste zu binden?

Was fragst du? Die schreibende Hand
braucht kaum meinen Rat. Sie ordnet
die Welt nach deinem Geschmack.
Trümmerhaft bleibt das Wissen,
das Denken dahinter zurück.
Setzt du die Silben ins Bild,
bricht luziferischer Trotz
leuchtend durch Dämmer und Dunst.
Laß andre im Mittag fackeln,
du protokolliere mir streng
Tresore der Finsternis.

Stets war Verlaß auf die Götter hinter der Stirn. Heimlich spielten sie schon mit dem Kind, das ich war: Erschrecken, Verstecken und Himmelfahrt. Doch dir, meiner Inspiration, gebührt der oberste Rang. Nie hast du deinen Namen verschwiegen. Unter all den beflissenen Geistern warst du mir Gefährtin. Leicht wird die Luft, die ich atme, sicher die Hand, trittst du auf den Plan. Mit längst verlornem Instinkt hast du die Ader gefüllt. Nun lüfte uns dieses Geheimnis: Was lockt dich vom hohen Horst in die staubigen Brüche des Worts?

Schweig mir von Oben und Unten.
Für uns gibt's kein Fern und Nah.
Jedes hat Anteil am andern,
verknüpft sich durch uns hindurch.
Ich bin's, was geheim in dir singt
und dich zwingt, es still zu bebrüten,
bis es ans Leben drängt.
Was sich sträubt in dir, wehr ich ab.
Da ist Freiheit, die dich beflügelt,
Fernsicht - und Einblick zugleich
in des Sandkorns Würde und Kraft.

TRAUMFLUG

Als eine Brise vom See das Gras aus den dröhnenden Mittagsgluten erlöste, kam Hoffnung auf. Erwachend dehnten sich unsere Lippen den Düften der gemarterten Kiefern entgegen, bereit, an den Rinden die hechelnden Narben zu kosen.
Zu dir, die nicht da ist, flattern die Bilder meines Verlangens, öffnen sich all meine Zinnen. Sternaugen lauern am anderen Ufer auf einen Wink meiner Gunst. Wer aber findet zur Nacht den Mut, den begehrlichen Schwimmern die Fesseln zu lösen? Keiner von uns ist genügend von Rückbindung frei, und hundertfach ist die Abhängigkeit unserer Herzen. Viel ist schon, uns nicht zu verlieren in den Nebeln der Rezitative noch vom Nutzen des Tages uns blenden zu lassen. Entscheidet doch nur das geschlossene Lid über Sieg oder Sturz eines Traums.

ANRUFUNG

Welcher Traum heilt den Riß,
welcher Friede versöhnt, was klafft
zwischen dem Atem der Wolke
und dem taumelnden Fuß, -
der Fülle, die ich an den Mittag verriet,
und der Leere des Zorns?

Müd auf der Matte, erlegt,
nie endender Ausweidung offen,
schrumpft der gespaltene Leib.

Hörst du mich, ferne, schmiegsame Hand?
Trau nur dem Faden der Norne,
so näht er den Meeresarm an den Azur
und blühende Lippen mir unter die Haut.

DAS WORT

Er fand im Bach einen schluchzenden Kiesel; Jahrtausende wuschen ihn, bis er schrie.
Zu dem Schmerz - denn es war nun der seine - mischte er Lust. Gerade soviel, wie der Morgenwind zuließ. Da er die Mischung erwog, beengte ihn, sie zu benennen. Er befreite sich, sah sich nackt. Bilder atmend, blühte sein Leib auf. Was darin wuchs, floh durch die Zeit, brach sich Sonne vom Baum, fegte die Regeln vom Thron. Nichts blieb, wie es war.
Er stammelte, suchte das Wort.
In Liebe gebadet, ein schlüpfriger Kiesel, an Kindesstatt einverleibt, erschlich sich die Wiege, lud den Sturzbach ins Haus.
Bilder. Wo war das Wort?
Ein Kiesel im eisigen Wasser türmt sich in den Tag, schwärzt das lungernde Blatt, erstarrt zu Architektur.
Nichts bleibt ihm zu tun. Warum sucht er das Wort?.

GRENZERWEITERUNG
Bøtø Strand

Für Elisabeth

Immer träumt von Siegen der Sand, reckt er die trockene Zunge dem Wellengeplänkel entgegen. Unstete Grenze, die das Zwerchfell spaltet, die Rippen nach Belieben durchtrennt.

Dennoch, wie rührt mich diese unendlich sterbende Dünung! Genüßlich verstumm ich in ihr. Vom Sand aber, wo er obsiegt, erwart ich für uns Grenzlandbewohner triftige Nahrung und Bleiberecht.

Wer wollte schlichten im Streit der Giganten? Kann doch der Atem der Unschlüssigen schon die Grenzen verschieben.

DÉFILÉE EINES TRAUMS

Wie einen faulen Fisch
hat mich die lüsterne Dünung
an Land gewälzt.
Meine Knochen singen
auf wandernden Kieseln.
Ich schmelze im Licht.
Sie wittern und schnalzen,
die deutschen Geier,
wanken heran,
ducken die Hälse,
rotäugig vor Gier,
von Wohlstand geplustert.

Aktiensturz an der Börse.
Sie ordern, stornieren
unter dem Mond, der sich häutet.
Sie grillen und dippen,
sie suchen die Nischen,
sie finden beim andern die Wunde.
Sie beißen nicht selber,
sie lassen vollstrecken,
unterschlagen die Beute.
Sie grölen nach Liebe,
sie pflegen den Wanst
und schachern ums Erbe.

Ich tauch in die Brandung
über der Sandbank,
treib ab mit dem Ebbstrom.
Höre von ferne
das Fluchen der Väter,
das Greinen der Kinder,
über mir Deneb im Schwan:
durchpflügend Myriaden von Sternen,
reißt er mich geifernd empor.
Ein Wirbel bin ich -
aus Woge und Wolke
und Staub.

III

POLLENFLUG

Wird der Mensch von morgen sich ein Klima geschaffen haben, das ihm erlaubt, sein Inneres zu entblößen? Seine unangreifbare Nacktheit öffnete ihm ein Paradies.

Wir müssen gegen uns selbst revoltieren. Unsere vielfältigen Bindungen, gewollte und unerwünschte, sind es, die Freiheit vereiteln. Von Gleichheit ist gar nicht zu reden. Bleibt Brüderlichkeit. Reicht ein Leben, sie zu erlernen? Leichter anwendbar auf Steine und Tiere denn Menschen. Darauf die Trainingsmethode gründen.

Nicht das Rückgrat; das Herz sollte sich beugen.

Die kleinste Tat zu allgemeinem Nutzen verschafft mehr Geltung, als Ansprüche es je könnten.

Ich fürchte, wir werden noch lange räuberisch leben, ohne Souveränität. Der Milan quittiert die schrillen Attacken der Krähe mit gelassenen Schwüngen. Langsam, ohne einen Flügel zu regen, gleitet er aus dem Revier.

Im paradoxen Zeichen des Kreuzes negiert der Tod das Leben, und das Leben erhebt sich aus dem Tod. Wir sind tot und lebendig zugleich. Erkenntnis, die reanimiert.

Bieten wir ihnen ein sanftes Bett, so schonen wir unsere Toten. Mehr als sie brauchen wir ihren Frieden. Uns genügt, die Nacht zu beleben, den Kiesel, den Stern. Ohne Rück-Sicht.

Im Raum sind wir die letzte Bagatelle,
zugleich jedoch der Mittelpunkt im All.
War auch Gott-Schöpfer bloß ein greller Knall,
die Götter - meine Götter - sind zur Stelle
und freuen sich mit mir am Sündenfall.

MEINE GÖTTER, NACH DENEN DU FRAGST

Meine Götter, nach denen du fragst:
Als sich, im Unrat befangen,
unser Aug nicht mehr aufhob zu ihren Bergen,
stiegen sie langsam herab in unser Asyl,
schmiegten, wie Kinder, sich gierig an Tisch und Bett.

Die Häuslichen - ehe sie allzu beflissen und zutraulich
wurden,
hab ich sie ausgewildert.

Nicht auf die Höhen, die lange verwaisten,
bis wir sie verplombten mit Liften und Fernmeldetürmen.
Nicht in die Wälder und Auen, nicht in die Wolken.
Nicht in den Schatten der Tempel und goldbrünstigen Altäre.
Nicht in die Schulen.

Meine Götter, nach denen du fragst:
Frei schwingend im Kraftfeld
zwischen dem Sandkorn und den entferntesten Sternen,
immer in Rufweite.
Meine Götter, die es nicht gibt,
die ich mir in Stunden der helleren Sicht
nach verblichenem Vorbild erzog,
ich halte sie auf Distanz.
Ich nehme aus ihrer Hand meinen Tag und das Geschmeide
der Nächte,
selbst das Unheil als Sporn oder Angeld auf ein künftiges
Fest.
Sie schreiben mir Tun und Lassen nicht vor, sie dulden.
So bin ich ihnen nichts schuldig.
Ich weiß, sie lenken unmerklich.

Meine Götter, nach denen du fragst:
Such sie nicht länger,
das scheue Wild.

MOHNKNOSPEN

Höhlen der Kindheit - auf einmal schwemmt es aus ihnen herauf, durchfeuchtet die Seele: Lieder der Landsknechte, Strophen von Kämpfen und Tod. Du wehrst dich umsonst gegen die hechelnde Wiederkehr, den Zauber, der quillt und quillt. Es ist deine Echtzeit, das treue Faktotum, das dir dieses Duftbett aus greisen Knospen bereitet. Heim in den kindlichen Ellenbogen krümmt sich der letzte Traum.

*

Der zum Nachbarn schleicht, ist es dein Tod? Was blinzelst du heimlich ihm nach? Weit streut sein malmender Zorn, wenn jemand ihn sucht. Und die Fährte verwirbelt der Äther.

Im hohen Mittag, wo die Sonne dich spießt, das Licht dich erdrosselt, horstet er, herrscht.

Wie lange noch horchst du den Abendwind aus, den Schmerz? Auf all die heiseren Fragen erwarte dir keinen Bescheid. Doch Antwort ist er noch niemandem schuldig geblieben.

*

Vor Zeiten hast du die Urnen zertrümmert, die Trauer der Weiden geschmäht. Wer schürte solch hastigen Durst nach immer neuem Gelächter? War, was Lebensgier schien, nicht die Angst, zu versagen vor dem vollendeten Einklang? Ach, da war kein Rat, kein Instinkt, der dich ebenbürtig befand den silbernen Galaxien; der verhieß, unsre nichtige Masse ruhe sicher im Nichts des Raums.

*

Er ruft nicht, er wird dir nicht winken. Du erkennst ihn, tritt er ins unbereitete Haus, erst auf den obersten Stufen des Schweigens. Das schneidet, wie die Gerte, winselnde Scheite aus der apathischen Luft. Er spreizt sich vor Wohlwollen, geht deinen Träumen zur Hand. Einer verblühten Liebe stößt er ein Dachfenster auf. Gegen die Zugluft, wenn du es willst, wird er die Wimpern dir schließen.

*

Am Wegrand zuletzt nur dieser schlummernde Schlafmohn. Du wartest, bis Knospe um Knospe erwacht sind zu kurzer Glut. Du wohnst ihnen bei, hingestreckt in den Frieden. Noch während liebkosend sie schatten auf Hals und Wange, holen im Sprung sie deine Gedanken, die reisefertigen, ein. Und wenn sie sich öffnen zum Kuß, ist schon die Liebe vergessen, die dich gestern berauschte, bist du schon eins mit dem Sog der sich wahllos verströmenden Nacht.

*

Wenn es weit wird vor dir, empfängt dich mit zärtlicher Helle, eben geboren, dein Land. Neigt sich hinter dem dunklen Tor unseren Wünschen eine bereite Sekunde? Sinnauslöschend die Lust, die aus der Stille tropft. Kein Sturm in der Stirn, kein Gewölk um die Brust. Leicht atmest du aus, was du hast: das kleine Lachen, die Sehnsucht, die unentbehrliche Qual. Was du einsaugst, ist vielleicht schon die Schwerkraft eines Schwarms von unnennbarer Liebe, den dein verglühendes Herz aus der Umlaufbahn riß.

HERTEFELD

Für Ursula

Was lauschst du, erschauerst? Nicht dir gilt über den spiegelnden Wiesen die Klage des Kranichs: als unser ältestes Lied überstimmt sie den wimmelnden Mittag. Fest in die Hand nimm den Zorn und das Lachen. Verlier nicht noch einmal das uns unerreichbare Ziel.

Daß sich die Schönheit verkeile zwischen den mürben Doktrinen, jubeln wir Vers um Vers in den Schlamm der Arenen, schmirgeln nicht länger an einem erblindeten Glück.

Ins Unvergängliche trägt der Blick, der sich dem Warten gebeugt. Bild um Bild reift die Liebe aus störrischem Schilfrohr den roten Antennentürmen entgegen, versöhnt Eisen und Brandmal, Flöte und Schrei. Nichts geht verloren, steuern wir trotzig unseren Träumen zu.

DER KORMORAN

Vom Bug des frischgeteerten Kahns dirigiert er das Wellenspiel im Hafenbecken. Er schlug mir sein Herz auf, als er die schwarzen Flügel zur Sonne hin spreizte. Der Seewind blätterte in seinem Gefieder, ich lese Begierde und Angriffslust aus den Neumen auf Brust und Hals. Mit dem raschen Atem der Höhenluft reise ich seinen Träumen nach, mit den trägen Schwingen der Tiefe wiege ich mich in Kindheitserinnerung. Meine Gegenwart nimmt er so wenig zur Kenntnis wie die Mondsichel, die über dem Reetdach hockt. Doch unversehens, von einer Minute zur andern, weidet er mich aus. Am Ende gleichen wir uns wie Muschelschalen: beide ohne die mindeste Emotion.

AN EINEN HUND

Du, mein Freund, bist einsam, weil ...
R.M.R.

Weil wir, vernarrt
in das Gedröhn unsrer Rollen,
uns längst aus dem Kreislauf stahlen,
suchst du uns unter dem Treibsand,
winselst den Rauchzeichen nach.
Hier aber sind
wir die Ausgesetzten:
schweifend und irrend
und ruhelos suchender noch,
träumen wir, uns in dein Herz einzunisten.

SKEPSIS

Paul Celan im Rücken

Graben, noch immer ins Dunkel graben nach unvordenklichen Wurzeln, nach Silben im höheren Ton? Schaffen wir ein Gegengrab? Finden wir Klarheit im Zwiclicht der Freuden oder eine Wahrheit im Traum? Die Anmut eines Sandkorns werden wir finden, die Ängste einer Muschel im Schlick, Wurzeln einer lange schwelenden Wahrheit. Am Ende wirst du gefunden, selbst wenn du nichts findest, sofern du nur gräbst.

GRENZGÄNGE

SIBYLLA DELPHICA

Deine großäugige Flucht - vereitelt.
Zu viele Schlüssel lauern im Mittagsschatten,
die harte Knospe deines Mundes zu öffnen.
Nun teilst du mit Träumern dein Lager,
weist sie verstummend ins bodenlos Offene ein.
Habe ich hinter dem Rauchdampf
einen Strahl vom Glanz deiner Nacktheit erfaßt,
weiß ich das Leben zu singen.

DAS RASENSTÜCK

Wer hat den schlafenden Riesen geblendet? Stach dem Schönling das herbstliche Auge aus? Spatenbreit im Geviert klafft die Lücke, wo dir der Wurm seinen Groll aus der fetten Schwärze entgegenreckt.

Laß das Fragen. Warte nur, bald ...

Kredenzt auf silberner Platte, in Duft gehüllt, dürert's dir zu, kalauert fröhlich ins Frühlicht: *Furchtundzittergras, Tausendschuldenkraut, der gemeine Eberfurz, der Ackerschwuchtelhalm, die Wiesensünde* ...

Was soll's?

In Asphalt gießen!

JAKOB RINGT MIT DEM ENGEL

Breit
stand er Jakob im Weg,
fremd und von jeher vertraut,
rührte die Hüfte ihm an.

Sag, warum schlug der nicht zu?
Warum umschlang er dem Manne
die Lenden, leuchtenden Augs?
Frag Rembrandt!

Auch er, gefoltert von Schulden und Schuld,
war auf der Flucht.
Doch liebend geliebt, im Bild,
stieß er dem Widersacher
die heilige Luft aus den Rippen.

Korrekt nach der Erzväter Weise:
wann immer wir uns entziehen,
legt, der uns wohlwill,
schmerzhaft sich in den Weg.

Sag, was umklammerst du nicht
dein kostbarstes Gut?
Du selbst bist der Engel!

DEUX FEMMES NUES ALLONGÉES
Bleistiftzeichnung von Pablo Picasso

Für Heinz Berggruen in Dankbarkeit

Wenn das Meer seinen Frieden ins Endlose dehnt, wird der Leib leichte Beute des Himmels. Längst sind die Worte verweht, sind die Bilder hinter der Stirn vibrierender Leere gewichen, rieseln ins Uferglück aus dem strähnigen Haar. Wo eben noch Brüste nach zärtlicher Brise lechzten, hat der Möwenschrei euch erlegt, ihr Fürstinnen bleichen Verlangens, wohnte die alles betörende Stille eurer Erschlaffung bei.

Nichts birgt der Blick, der in die Höhe schweift. Den Traum, in den euch der Mittag verwob, weiß nur das geschlossene Auge zu deuten.

Ahnungslos beide, seid ihr gezeichnet vom Kuß einer fernen, unvergänglichen Glut. Ihr, die für immer Entführten, reißt uns ins Bleibende fort.

WISSEN, SCHWEIGEN, VORÜBERGEHN
Paul Klees Ölzeichnung von 1921

Ihr Augenblick, stechend
aus dem Land nebenan,
wie er auslaugt und saugt!

Harscher als jeder Befehl
trifft das Rapier ihrer Brust.
Gehorchst du, bist du verloren.

Geist ohne Hauch, ohne Ziel.
Die Mitte
suchst du vergebens.

Es bleibt ein Brennen in dir,
ein stetiges Fragen
im Leeren.

Sie wird dir wiederbegegnen.
Und du
wirst einen Irrtum
über die Schwelle tragen.

AGAMEMNONS GRAB

Für Karl-Heinz

Längst zählen wir, Freund, zu den frohen Mutes Versprengten - auf der Flucht vor der Sonnenscheibe, die hinter den müden Wolken nach letzten Abendkundigen jagt. Wird mir, was du uns weist, nach überstandenen Träumen zur Pforte eines ersehnten Asyls? Oder nur Schatzhaus erlauchter Begierden? Man weiß, wie seit je die Könige sammeln und häufen, sichern und glücklos verwahren, den Bettlern gleich. Wo die Liebe fehlt, ist das üppigste Lager zu hart, die Stille ohrenbetäubend. Doch kann mit ihrer Würze von Dolch und Gift die Nacht uns nicht schrecken, ruhen wir Aug in Aug mit unseren ungeselligen Göttern.

SELBST, MIT HALBAKT

In memoriam Horst Janssen

An die Düne des Schädels schmiegt sich der Abend und kost. Kämmt die schütteren Halme, begräbt das Auge, kerbt mir die Lippe. Ausgespannt zwischen Spinnenmühe und Klarsicht, fasert ins Land dieser Leib. Ach, frisch aus dem Ginster blüht mir dein Arm zu, sucht meine Wange, fängt sich im wirren Gerank! Stunde der Fülle, mit dem Schrecken verschwistert, die uns beugt, die uns aufhißt: immer im Spiegel die zärtliche Kralle des Todes.

MOBILE MOTIVE

Hommage à Mikos Meininger

Seine Farben legt er der Sonne vor. Sie wäscht ihm vom Torso die Striemen. Und der Aufstieg beginnt, schraubt sich Runde um Runde ins Bild. Bis die Sterne kreischen, der letzte Vogel verstummt.

Seine Auflehnung, seine Heiterkeit meiden den Schwarm und das Dickicht der Monumente, winken den Hügeln zu. Die, zum Empfang, öffnen weit ihren Schoß. Und Legionen verwegener Zinnen beleben die Ebene.

Im Frühjahr neigt sich das ungestüme Grün der Gärten und Wälder vor dem schwarzen Blut, das vom Himmel strähnt. Bedrohlich und lüstern schmiegen sich Raubkatzen ins ungelöste Rätsel der Rahmen. Wenn du merkst, daß du schrumpfst, erkennst du den Cherub hinter Monets japanischer Brücke. Eden ist überall.

Wo die breiten Pinsel ihre Helle verpuffen, sich einreihen von Gelb zu Grau, ist die Nacht des Wartens gekommen. Nichts zählt mehr außer den freien Rhythmen zwischen den Wendekreisen. Die ersehnte Mitte zeichnet sich ab: die schamlose Göttin, wie sie im Gischtbett, im Äther, dahinfließt und ruht, - unser galaktischer Quell.

Ein schlichtes Geviert und ein Kreuz. Es hemmt deinen Schritt. Es steht dir im Weg. Nimm Abschied. Der Balken, der horizontale, wird jeden Aufflug vereiteln. Er sperrt den Himmel. Teilt dich den Erdzertrümmerern zu.
Schärfer noch scheidet der Stamm, trennt dich von deinem Nächsten. Spürst du, wie es sie alle fortreißt im Opferrauch? Füllt das unversöhnliche Violett die Quadranten, bist du einsamer, als du denkst. Vier Winde, vier Tode müssen kommen, werden das Werk vollenden.

»ENG SIND DIE SCHIFFE«

Für Titus

Weit dehnt sich die Dünung ins Lager der ausgebluteten Sonne. Aber die Frau mit dem Seeschwalbenblick, die rauhe Gebieterin, aufrecht im Heck, deren Leib gekörnt ist von Verlangen und Frost, gibt uns den Winden preis, nimmt Wolken und Gischt in die Pflicht, - Lotsin zu den verlorenen Stränden der Eintracht. Das Spiel ihrer Hand sichert den Kurs.

Nicht der Traum. Nicht die willenlose Nacht. Ziel der Fahrt ist das schmale Becken des gemeinsamen Ursprungs, erkundbar im ersten Licht.

Sie singt. Mit dem Kielwasser verwirbeln des Saint-John Perse dunkeltönende, lange Strophen. Wir atmen, sie singt. Ausatmend die Enge der Zeit, einzubehalten den unermeßlichen Raum.

LOK S 36^{20}, BAUREIHE 01

Was ließ dem Kind die Bauchdecke zucken? War es die Kälte der blanken Metalle, der Kuß der Kessel, Löffel und Platten? Oder die unzugängliche Schönheit der Pleuel und Kolben? Unerklärbare Schauer, die sich bis in die Träume verirrten. Dort traf mich die Strafe: ich wurde verdammt zum Zeugen einer grausigen Exekution.
Schwungräder, dampfend von Opferblut. Die zermahlenen Knochen des Täters. Doch weiterhin lebe ich unter euch, unkenntlich, im schimmernden Stahl.

BÜNDISCHE JUGEND

Die Revolte mit Sternenaugen, die ein Lebenlang vorhält. Ihre Schönheit, ihr Mut zum Dienen, ihr starkes Herz. Die nichts weiß vom Wüten der rasenden Schwester, deren Brechstange heute scheitert, deren Waffen morgen verpuffen.
Mit den Liedern der Eisbrechermannschaft war sie gekommen. Ihre Fahrt ging stromauf. Halt auf verlorenem Posten. Uns Fährtensuchern ein fester Halt, schon früh und für immer.

ALPHA CORONAE

Dem jungen Mann, der ich war, unterm Helm voller Gottvertrauen, hat die Gemma im korrupten Mittag als Fernlicht und Grubenlampe gedient. Zeitläufigkeiten und Irrgänge blieben mir so erspart. Dankbar gab ich nach geleisteter Fron das Juwel an den Himmel zurück.

Später grüßte mich sein Gefunkel häufig aus übernächtigtem Liebeshaar. Woran wir uns in der Fremde wiedererkannten? An jenem Gran Demut, das unsere Glut hinterläßt, bevor sich der Tag unserer Asche bemächtigt.

JEANNE MAMMEN, »MÄNNERKOPF«

Gips für Bronze, um 1945

Großfeuer haben die naiven Augen geweitet. Doch sind sie erwacht? Sie sahen die Heere nicht, die an ihnen vorbeizogen und sich unbeirrbar erwürgten. Der männliche Blick, tiefgefroren zwischen Verzückung und Ängsten, erst im stromlosen Dämmern kam ihm die Hellsicht des Totenschädels. Das Jahr des großen Gewinns.
Schönheit einer späten Knospe, die wir heute ertasten. Unter der Patina dröhnt im Hinterhaupt Widerstandskraft, bietet der Nasensturz den Untergangsmythen die Stirn, lachen die Wangen. Errätst du auf gleißendem Marktplatz die Nacht in den Augenhöhlen, hat das Leben wieder Gewicht.

VASES COMMUNICANTS

Die Engel sind gefallen, alle, zu unserm Glück. Ein Sturz - eine Landnahme. Verwegene wagten, mit ihnen zu ringen. Wir blieben scheu auf dem Plan, doch unterwarfen uns nie. Bei Tag wird noch immer gefeilscht um einen kristallinen Vertrag. Unsre Narren haben das letzte Wort.
Wo Einklang ist, wächst aus dem Schweigen der Nacht dir Weisung zu. Unsichtbare Nachbarn, von weitem nur umrißhaft kenntlich. Nimmt einer dich in den Arm, übermannt dich wohl Trauer, und du weißt nicht warum. Bloß der Blick ins verspielte Gewölk lindert die Last der Wahrheit.

PHYCOMYCES

Der Biologe: Gelänge es, eure Instinkte zu messen, wir drehten am Schlüssel zum Leben.

Der Pilz: Vergebliche Mühe. Die Quanten, die meine Reaktionen regeln, umtanzen wie Flöhe eure Mechanik. Jetzt borgt euch Geduld bei den Dichtern. Jeder Vorstoß, den sie in unbewußtes Gelände tragen, belebt wieder euern Instinkt.

Der Dichter: Ging die Sicherheit auch ans Bewußtsein verloren, was uns an Ahnung von den Instinkten verblieb, kann den Schlüssel noch immer bewegen. Nachtklare Unschärfe erst macht ein Ganzes erkennbar und Sicht souverän.

NACHTSEITE

Der Dichter ist der Mann der einseitigen Stabilität.
RENÉ CHAR

Ich bin in das Alter gekommen,
dem die Nacht sich erkenntlich zeigt.
Nicht länger verwehrt sie mir Wohnrecht.
Langsam, wie sich meine Augen gewöhnen,
richt ich mich in ihr ein.
Taste den Horizont ab, hasche nach den Planeten,
jedem Funken springe ich hinterher.
Ach, das Leuchten erstirbt auf der flachen Hand,
das Leuchten gedeiht nur hinter der Stirn,
flackert im gierigen Stich der Pupillen.

Reglosigkeit, darunter
das undurchdringliche Rauschen der Leere.
Ich wollte dagegen die Stimme erheben,
aber das Echo hatte den Schrei
zwischen den Lippen erstickt.

Ich dränge voran.
Ich weiß, jeder Schritt ins Dunkel
weckt Gegengewalt. Die Nacht,
ihr streng gehüteter Grund und Boden,
atmet mir schroff ins Gesicht.
Ich weiche nicht aus.
Mit den schmerzhaften Grenzen ringsum,
den Degenspitzen von tausend Lianen,
komm ich zurecht. Ihre Wegweisung
möcht ich nicht missen.

Was mich schreckt, ist
die Fülle des Ungeformten, sind
die ungreifbaren Schwaden der Dinge,
die Weichteile des Alls.
Kaum ertastet, sind sie verschwunden,
haben sich aufgelöst.

Felsen, Meere, Sterne, Freunde und Feinde:
nicht geflohen, - abhanden gekommen.
Unverhofft wieder da.
Womöglich noch scheuer. Es scheint,
hier würde ein Rätseltor
spaltbreit sich öffnen.

Ich lerne,
daß diesen vergänglichsten Stoffen
ich zugehöre, ihresgleichen bin.
Ja, Fremdlinge sind wir, - allesamt
austauschbar in der Finsternis.
So ist jede Berührung heftig,
die flüchtigste schon
stellt uns in Frage. Nichts
läßt sich erschließen. Nie
ist die Lage gesichert.
Der Zugang ist immer bei Null.

Lange noch schwingt in den Fingerkuppen,
was sie für Sekunden verspürten:
das nachgiebige Fleisch der Objekte,
ihre Aura, die elektrisiert,
das Erblühen der Triebe im Widerstreit
von Unterwerfung und Flucht, -
ihr Lockruf, ihr Duft.

Ein Rausch, und er nimmt
ein paar Pulsschläge lang
mir die Sucht nach der schwarzen
Wahrheit und Schönheit.
Dem nachhängend, nütz ich
bis zur nächsten Begegnung die Zeit,
das Gehör zu schärfen
für die Rezitative der Leere.

Mit Abscheu wie vor Vivisektion
entziehn sich die unsteten Teile jeder Bestimmung,
enthüllen sich, lüstern, nur manchmal den Sinnen.

Dann geschieht es zuweilen:
ein leiser Akkord
aus dem Menuett der Instinkte
bringt sie zur Ruhe,
stellt ihren Kleinmut zur Rede,
verzögert den Absprung der Schwaden ins Nichts.
Und der Wind trumpft auf zur Verwandlung.

Ich halt einen Irrtum umkrallt,
Ast der Nacht, der unbeirrt ausschlägt im Frost,
Schlüssel zum kristallinen Verlies.
Wie da die Wahrheit
unsre Behausung verläßt und ins Fremde wirbelt!
Sobald sie sich sammelt in den Urnen des Todes,
geh ich sie rufen. Dann
für ein Augenblinzeln
ist sie die meine.
Auch ist die Schönheit
nicht übertragbar, die strenge,
die nur aus dem Schrecken sich schält,
wenn das Geflüster der Dinge um uns verstummt.

Andere mögen in Rudeln
die Aschen des Tages vermessen.
Ich laß Ahnung und Witterung schweifen,
noble Verächter des Lichts und der Zahl,
bald kindlich, bald tierhaft.
Kehren mit Beute sie heim
aus dem gekrümmten Raum,
immer wird ihre Bilderschrift singen
und unsere Rätsel skandieren.

Übers Land
aus der Vene der Nacht
tropft vorgeburtliche Zeit,
lacht den Tag wieder jung.

DIE DÜNE SINGT

Die gelbe Flut überschwemmt mich: nichts
Eigenes soll aus meinem Munde kommen.
OCTAVIO PAZ

Die Düne sieht nicht das Meer, nicht die Sonne. Ihr Auge zielt durch das tanzende Gelb des Strandhafers in das hohe Blau, sucht es nach dem Grad seiner Helle zu ordnen,
kommt endlich im Zenit,
am Ort seines tiefsten Dunkels,
zur Ruhe.
Dort, wo ihr Blick zum Seziermesser des Traums greifen muß, um den Kosmos zu spalten,
läßt sich die Düne
drachengleich durch die Lichtjahre gleiten.
Die Lieder, die sie singt, stiften Unruhe in den benachbarten Galaxien, die dergleichen nicht kennen,
bringen den interstellaren Staub zum Pulsieren,
hallen wider von den Rändern des Universums,
ungeachtet aller Verluste in den zahlreichen
schwarzen Löchern.
Sie singt gern, wenn auch meistens nur still vor sich hin.
Was unser Ohr nicht vernimmt, wird dennoch im Weltall aufmerksam registriert.
Wir jedenfalls kommen zu spät. Längst ist man oben über alles im Bilde.
Mittags lädt uns die Düne zur Rast, gibt dem, den sie liebt, ein Zeichen. Er darf ein kleines Stück mit ihr reisen.
Das reicht vielleicht, über den großen Zusammenhang zu erschrecken, nicht aber lehrt es die Melodie und den Text.
Am ewigen Reigen im Raum
sind wir nicht beteiligt.

LAST DER BILDER

Im Zentrum der Poesie erwartet dich ein Widersacher.
Er ist dein Meister. Ringe ehrlich mit ihm.
RENÉ CHAR

Wer dem Lockruf der Windrose folgt, wird als Geisel genommen. Bilder umklammern jeden befreienden Schritt. Streiten sich, verschmelzen, schleichen sich bei dir ein. Erst fällt unterm Gelächter der Watvögel der Regenhimmel in den winselnden See, verwehrt dir den Zutritt. Dann wälzen sich unterkühlte Angler, vom Fernrohr des Ornithologen erlegt, bedrohlich vor dir im Ufergras. Und die Pfade ins Innre - unwegsam. Kein Fußbreit ohne Gestrüpp über erdrosselten Sternen.
Ein Bild, das dir wohlwill, eine Binse der Scham, wird dich am Ende zu Fall bringen. Da vergiß nicht den Dank. Im Aufblick gliedern sich mühelos Laub und Gewölk, und du entwirrst die Schleier vor dem ersehnten Gedicht.

GRADUS AD PARNASSUM

Alles, was kriecht,
wird mit der Geißel geweidet.
HERAKLIT

Ob in Nebeln vereinsamt
oder von Grelle umdröhnt,
mühsam steigst du zeitan,
folgst durch den Frost, der dich kerbt,
unter der Geißel der Stunden
blind einem tonlosen Ruf.

Hast du den Schauder der Leere
endlich lieben gelernt,
atmet ins Weite dein Blick.

Eh du begreifst, wer du bist,
nimmt dir der Gipfel die Sicht:
Weideland endet hier.

Biobibliographische Angaben

LOTHAR KLÜNNER, 1922 in Berlin geboren, lebt dort als freier Schriftsteller. Er schreibt Lyrik, Kurzprosa, Essays und Übersetzungen alter und moderner französischer Poesie; unter dem Pseudonym *Leo Kettler* journalistische Arbeiten, Funkmanuskripte und zeitkritische Texte. 1950 Mitarbeiter am Berliner Malerkabarett in der »Badewanne«; Mitherausgeber der *SPEICHEN - Jahrbuch für Dichtung* (Berlin 1969-1971).

Gedichtveröffentlichungen: *Gläserne Ufer*, Wuppertal 1957; *Wagnis und Passion*, Pfullingen 1960; *Windbrüche*, Berlin 1976; *Gegenspur*, Berlin 1977; *Befragte Lichtungen*, Waldbrunn 1985; *Warum nicht Ithaka?*, Aachen 1992; Lothar Klünner / Klaus M. Rarisch & al., *Hieb- und Stichfest - Streitsonette*, Hamburg 1996; *Stumme Muse submarin - 33 Liebesgedichte aus fünf Jahrzehnten*, Radierungen von Walter Stöhrer, Berlin 1997.

Prosa: *Abfuhr und sieben Ermittlungen zur Poetik*, Berlin 1985; *Briefe aus Retentúdoparadix*, Essay, Berlin 1992.

Übersetzungen: Guillaume Apollinaire, Blasonneurs des 16. Jahrhunderts, Marc Chagall, René Char, Jacques Dupin, Paul Éluard, Jean Frémon, Yvan Goll, André Pieyre de Mandiargues u. a.

MIKOS MEININGER, 1963 in Jena geboren, 1984-1986 Ausbildung zum Plakatmaler. Zusammenarbeit mit der unabhängigen Künstlergruppe HERZATTACKE und der gleichnamigen Kunst- und Literaturzeitschrift sowie der EDITION MALDOROR, in der zahlreiche bibliophile Künstlerbücher erschienen sind. 1986 Übersiedlung nach Berlin, Beschäftigung u. a. mit Siebdruck. 1989 Studium Grafik/Design in Berlin. 1989-1997 Studienreisen nach Sibirien, Indien, Nepal, Mexiko, USA, Laos und Kuba. 1998 Studienaufenthalt in San Francisco, USA. Erste Keramikarbeiten in der Droysen Keramikwerkstatt Berlin. Zahlreiche Ausstellungen und Ausstellungsbeteiligungen im In- und Ausland.

Anmerkungen

S. 72 *Paktolos*, sagenhafter Goldstrom im alten Griechenland. *Le poète assassiné - Der ermordete Dichter,* Prosadich-tung von Guillaume Apollinaire.

S. 76 *Volapié* (franz.), finaler Degenstoß beim Stierkampf.

S. 113 ff. Zu dem Zyklus *Befragte Lichtungen* wurde der Verfasser durch das freie Spiel der Formen und Farben auf zwölf Ölbildern des Berliner Malers Siegfried Kühl angeregt. Die Gedichte, zunächst lockere Paraphrasen zu den vorgegebenen Titeln, nabelten sich munter ab, erpicht auf eigenen Schwerpunkt und eigenes Kolorit.

S. 123 *Pittosporum*, ein Zierstrauch; *Cel obert* (mallorkinisch): Offener Himmel, ein Hausname.

S. 124 Der Dichter sucht Rat beim Meer, um sich vom Einfluß René Chars zu befreien.

S. 130 *Dreimal muß weinen, wer einmal zu gehen vergaß...* verweist auf die Schlußverse des Gedichts *Das Wort ward Glas*, S. 56.

S. 150 *Hertefeld* bei Nauen, Beobachtungspunkt im Einzugsgebiet der Kraniche.

S. 151 *»Du, mein Freund, bist einsam, weil ...«*, s. Rilke, Sonette an Orpheus, XVI.

S. 152 *Sibylla Delphica*, Fresco von Michelangelo in der Sixtinischen Kapelle im Vatikan.

S. 153 Pablo Picasso, *Deux femmes nues allongées* (Zwei Akte am Strand), Bleistiftzeichnung 1920, Sammlung Berggruen Berlin.

S. 154 Paul Klee, *Wissen, Schweigen, Vorübergehn*, Ölzeichnung 1921, Sammlung Berggruen, Berlin.

S. 155 Karl-Heinz Hartmann-Oels, *Olims Reich* (auch: *Agamemnons Grab*), mehrfarbiger Materialdruck, 1977.

S. 157 *»Eng sind die Schiffe«* - Verszeile aus POÉSIES von Saint-John Perse, Titel einer Reihe von Bronze-Plastiken des Berliner Bildhauers Rolf (Titus) Szymanski.

S. 158 ff. *Korrespondenzen* handelt von richtungweisenden und charakterprägenden Begegnungen, die einen dauerhaften Dialog bewirkten.

S. 158 *Lok S 36*^{20}*, Baureihe 01*, größte Schnellzugdampflokomotive der ehemaligen Deutschen Reichsbahn, hier als Scharfrichterin in einem pubertären Albtraum.

S. 158 *Eisbrechermannschaft*, revolutionäre Jugendgruppe in den 20er Jahren.

S. 158 *Alpha Coronae*, Hauptstern der Krone, die *Gemma*.

S. 159 *Jeanne Mammen*, Berlin 1890-1976, Malerin.

S. 159 *»Les vases communicants« (»Die kommunizierenden Röhren«)* - André Bretons programmatischer Essay von 1932, in dem er die Gleichrangigkeit und die Wechselwirkung zwischen Traum und Ratio, Unbewußtem und Bewußtsein, Nachtaktivität und Tagespensum proklamierte.

S. 160 *Phycomyces*, ein Sporenpilz, an dessen rätselhaften Ausweichreaktionen in jahrelangen molekularbiologischen Untersuchungen (außer dem Heliotropismus) nichts quantifiziert werden konnte.

S. 165 *Weideland endet hier...* verweist auf die Anfangszeile des Gedichts *Archaischer Steinbruch*, S. 53.

INHALT

WINDBRÜCHE

DIESE NACHT AUS DEINEM FLEISCH